DAS SCHWEIGEN DES GEFANGENEN

Translated to German from the English version of

The Prisoner's Silence

Varghese V Devasia

Ukiyoto Publishing

Alle weltweiten Veröffentlichungsrechte liegen bei

Ukiyoto Publishing

Veröffentlicht im Jahr 2023

Inhalt Copyright © Varghese V Devasia
ISBN 9789358460841

Alle Rechte vorbehalten.
Kein Teil dieser Publikation darf ohne vorherige Genehmigung des Herausgebers in irgendeiner Form, sei es elektronisch, mechanisch, durch Fotokopie, Aufzeichnung oder auf andere Weise, vervielfältigt, übertragen oder in einem Datenbanksystem gespeichert werden.

Die Urheberpersönlichkeitsrechte des Autors sind geltend gemacht worden.

Dies ist ein Werk der Fiktion. Namen, Personen, Unternehmen, Orte, Ereignisse, Schauplätze und Begebenheiten sind entweder der Phantasie des Autors entsprungen oder werden fiktiv verwendet. Jede Ähnlichkeit mit tatsächlichen lebenden oder toten Personen oder tatsächlichen Ereignissen ist rein zufällig.

Dieses Buch wird unter der Bedingung verkauft, dass es ohne vorherige Zustimmung des Verlegers nicht verliehen, weiterverkauft, vermietet oder anderweitig in Umlauf gebracht werden darf, und zwar in keiner anderen Einbandform als der, in der es veröffentlicht wurde.

www.ukiyoto.com

Danksagungen

Die Inspiration zum Schreiben dieses Romans kam mir, als ich über zweihundertzwanzig lebenslänglich Verurteilte im Zentralgefängnis von Nagpur recherchierte. Es war eine schmerzhafte Erkenntnis, dass einige von ihnen das Verbrechen, dessen sie beschuldigt wurden, gar nicht begangen hatten, so dass sie ihre Familien verlassen mussten und die Haft sie unsagbarem Elend aussetzte. Die Gefängnisbeamten wussten, dass einige Gefangene, die am Galgen hingen, unschuldig waren und für das Verbrechen eines anderen starben; daher verloren sie durch Betrug ihr Recht auf Leben. Sie waren die Stimmlosen und Vergessenen der Gesellschaft, vor allem Adivasi, Dalits und Minderheiten. So blieb das Strafrechtssystem in Indien weitgehend ein Schwindel. Zwei Sträflinge, die ich im Zentralgefängnis von Kannur kennenlernte, zwangen mich, das, was ich über das indische Strafgesetzbuch, die Strafprozessordnung und das Beweismittelgesetz gelernt hatte, neu zu schreiben.

Ich habe fast alle Gefängnisse in Maharashtra, einige in Kerala, Tihar in Delhi und einige in Tamil Nadu und Andhra Pradesh besucht. Ich bin den Gefängnisbeamten dankbar, dass sie Vorkehrungen getroffen haben, damit ich die lebenslänglich Verurteilten in diesen Gefängnissen treffen konnte.

Jills Varghese, ein Mensch mit einem feinen Sinn für Ästhetik und Gerechtigkeit, hat das Manuskript gelesen; ich bin dankbar für seine wissenschaftlichen und philosophischen Kommentare. Ich bin Jose Luke für seinen geschätzten Überblick zu Dank verpflichtet. Shrimayee Thakur von White Falcon Publishing hat hervorragende Arbeit beim Lektorat des Buches geleistet; ich bin ihr dankbar dafür.

AN

Die namenlosen, stimmlosen und freundlosen Sträflinge, die für die Verbrechen anderer

am Querbalken für die Verbrechen anderer.

Das Schweigen des Gefangenen ist eine Meditation über die menschliche Existenz und zeigt das beängstigende Gesicht von Gesetz, Politik, Religion und Gott, den wichtigsten Quellen der Unterwerfung, die zum Galgen führen. Menschliche oder göttliche Macht entsteht durch Gewalt und Unterwerfung, gedeiht durch Schmeichelei und erlangt Heiligkeit durch Unterwürfigkeit. Der Roman ist tiefgründig philosophisch, eindringlich psychologisch, verlockend menschlich und universell soziologisch. Er ist eine Nussschale der menschlichen Knechtschaft, der Konflikte, der Entfremdung und der Vorfreude.

Jose Luke, Kolkata.

Das Schweigen des Gefangenen ist ein existenzieller, intersubjektiver Roman über zwei Verurteilte, die zum Tode verurteilt wurden, aber beide mit Gott konfrontiert sind.

Thoma Kunj war unschuldig, ein ontologischer Widerspruch des Menschseins. Ihm wurden die Grundrechte verweigert, und er erkannte, dass diese Rechte den Mächtigen, Reichen und Einflussreichen vorbehalten waren. Er hatte Angst und kannte das Gesetz nicht und bewahrte im Gericht, im Gefängnis und am Galgen ein tiefes Schweigen, da er allein war.

Auch Razak war allein. Mit dreizehn Jahren lief er aus Kerala weg und wurde von Muhammad Akeem, einem Dattelpalmenpflanzer in einer Oase in Saudi-Arabien, kastriert, um in Akeems Harem zu dienen. Nach neunzehn Jahren des Terrors entkam Razak und kehrte in sein Heimatdorf zurück. Seine größte Enttäuschung war, dass er ein pakistanisches Mädchen, Amira, nicht retten konnte, das elf Jahre alt war, als er sie zum ersten Mal im Zenana traf. Sie liebten sich und wollten fliehen und zusammen leben. Obwohl er nicht in der Lage war, Sex zu haben, sehnte er sich nach der Gemeinschaft mit Amira, und sie war dazu bereit. In Ponnani heiratete Razak ein Mädchen aus Calicut und verheimlichte, dass er impotent war. Innerhalb eines Jahres tötete er seine Frau und ihre Geliebte mit einem Schwert aus Malappuram.

Razak fragte Allah, warum er Muhammad Akeem erlaubt hatte, ihn zu kastrieren. Er wollte sich an Akeem und Allah rächen; die einzige Möglichkeit war, sich wie Akeem zu entwickeln. Am Galgen hörte der maskierte Thoma Kunj den schwachen Schrei von Razak, die Qual der Menschheit, aber eine furchtlose Herausforderung an Allah.

GLOSSARY

1.	Abaya (Arabisch): Ein gewandartiges Kleid, das von Frauen in der arabischen Welt getragen wird.

2.	Al-Jahim (Arabisch): Hölle.

3.	Arak (arabisch): Ein destillierter Alkohol.

4.	Akki Otti (Kodagu): Ungesäuertes Fladenbrot aus gekochtem Reis und Reismehl.

5.	Bahiya (Arabisch): Ein wunderschönes Mädchen.

6.	Chemmeen (Malayalam): Ein berühmter Malayalam-Roman von Thakazi und ein Malayalam-Film mit demselben Namen.

7.	Gharara (Hindi/Urdu): Ein traditionelles Kleid, das von Frauen in Indien und Pakistan getragen wird.

8.	Gursan (Arabisch): Ein dünnes Brot mit Fleisch.

9.	Haram (arabisch): Verboten.

10.	Harem (arabisch): Ein Haus für die Konkubinen eines polygamen Mannes.

11.	Houri (arabisch): Eine Jungfrau, die den treuen männlichen Gläubigen im Paradies erwartet.

12.	Iblis (arabisch): Anführer der Teufel.

13.	Jahannam (arabisch): Hölle.

14. Jalamah (arabisch): Ein Gericht aus Lammfleisch.

15. Jannah (arabisch): Paradies, Himmel.

16. Kafir (arabisch): Abtrünniger, Ungläubiger.

17. Khamr (arabisch): Wein.

18. Khuda (Urdu): Herr, Allah.

19. Lakshman Rekha (Sanskrit): Die klare Regel.

20. Maghreb (Arabisch): Nordwestafrika.

21. Mashak (Arabisch): Wasserbeutel aus Ziegenleder.

22. Mashrabiya (Arabisch): Traditionelle Architektur in der islamischen Welt.

23. Maschriq (Arabisch): Der östliche Teil der arabischen Welt.

24. Mofata-al-dajaj (arabisch): Traditionelles Gericht aus Huhn mit Basmatireis.

25. Mulhid (Arabisch): Atheist.

26. Nawab (Hindi/Urdu): Ein Mogul-Vizekönig oder ein unabhängiger Herrscher in Britisch-Indien.

27. Padachon/Padachone (Malayalam): Der Schöpfer.

28. Poda Patti (Malayalam): Hau ab, du Halunke.

29. Porompokku (Malayalam): Ungenutztes staatliches Land in der Nähe von Straßen, Bahngleisen usw.

30. Sagwan (Arabisch): Teakholz.

31.   Sjambok (arabisch): Schwere Lederpeitsche mit scharfen Metallteilen.

32.   Themmadi Kuzhi (Malayalam): Sünderecke auf einem kirchlichen Friedhof.

33.   Tu Kahan Hai (Hindi/Urdu): Wo bist du?

34.   Umma (Malayalam): Mutter.

35.   Veshya (Malayalam/Sanskrit): Prostituierte.

36.   Yajif Jayidan (Arabisch): Ein trockener Brunnen.

INHALT

DAS SCHWEIGEN	1
DIE ZELLE	43
DIE PARADE	83
DAS BLEICHE TUCH	122
DER GALGEN	161
DIE SCHLINGE	204
ÜBER DEN AUTOR	227

DAS SCHWEIGEN

Es waren schwere Schritte zu hören, wie das Zischen der Guillotine, die im Schlachthof von George Mooken Schweineköpfe abtrennte, und Thoma Kunj zählte sie, wobei er sein linkes Ohr dicht an den Boden der Zelle hielt; eine Vorwarnung, dass der Galgen für ihn bereitstand. Seine Mutter Emily hatte sich geweigert, ihn abzutreiben; dennoch beschloss ein Richter vierundzwanzig Jahre später, ihn bis zu seinem Tod am Hals aufzuhängen. Thoma Kunj wusste nie, dass der Richter sein biologischer Vater war.

Er war fünfunddreißig, gesund und zurechnungsfähig.

Die Geräusche waren deutlich zu hören, fünf Personen, vier gut gebaute, die Stiefel trugen, und ein kleiner Mann, wahrscheinlich in Sandalen. Thoma Kunj wartete ein Jahr lang auf sie, als der Präsident seine letzte Berufung abwies. Er schlief schweigend bis drei Uhr, und wenn er aufwachte, versuchte er, auf die kleinsten Geräusche der Nacht zu achten. Normalerweise fanden die Hinrichtungen früh am Morgen statt, gegen fünf Uhr. Jede Nacht zwischen drei und fünf Uhr dreißig erwartete er die Schritte.

Da sich das Gefängnis auf einem hundert Hektar großen Gelände befand und weit von der Hauptstraße entfernt war, herrschte eine unheimliche Stille wie in einem Harem mitten in der arabischen Wüste. Mohammed Razak, ein lebenslänglich Verurteilter,

2 DAS SCHWEIGEN DES GEFANGENEN

erzählte Thoma Kunj von seinen Erfahrungen in Unayzah in Qassim, wo er seine Kindheit und Jugend verbrachte, und von der teuflischen Stille in einem Harem. Es handelte sich um eine Dattelpalmenplantage, die Muhammad Akeem und seinem Sohn Adil gehörte und in der sie Frauen aus Malaysia, Pakistan, dem Libanon, Irak, der Türkei, Aserbaidschan und Ägypten hielten. Die etwa elfjährige Amira, ein pakistanisches Mädchen mit grünlichen Augen und einem pausbäckigen Gesicht, unterhielt sich gern mit Razak auf Urdu. Die Vorfahren ihrer Großeltern, Nawabs in Lucknow, flohen während der Teilung Indiens nach Islamabad und versteckten Goldbleche unter ihrer Gharara. Sie war wahrscheinlich die jüngste unter den Konkubinen, eine illegale Einwanderin ohne gültiges Visum. Aber Akeem war froh, sie zu bekommen, denn er hatte viele Verbindungen in ganz Arabien, und die Agenten kontaktierten ihn, wenn junge Mädchen verfügbar waren. Sobald die Kurtisanen das fünfunddreißigste bis vierzigste Lebensjahr überschritten hatten, verkaufte Akeem sie an die Unterwelt, hauptsächlich in Riad.

Akeem nannte seine Villa Mashrabiya und jede Kurtisane Bahiya, ein wunderschönes Mädchen.

Es handelte sich um eine Mashrabiya im Maschrik-Stil mit typisch islamischer Architektur und einem geschlossenen Erker mit geschnitzten Holzarbeiten und bunten Gläsern. Die Mashrabiya hatte drei Stockwerke, und die Frauen bewohnten die beiden oberen Etagen. Razaks Hauptaufgabe bestand darin, das Essen zu servieren, das er sehr genoss. Er mochte den Geruch und die Geräusche der Frauen und ihre farbenfrohen Kostüme.

Razak verbrachte lange Stunden mit ihnen beim Kartenspielen. Singen galt als sündhaft oder haram, aber Frauen aus Ägypten, Aserbaidschan und Malaysia sangen Volkslieder, indem sie sich gegenseitig in die Hände klatschten. Razak gesellte sich oft zu ihnen, wenn Akeem nicht da war. In ihren Liedern ging es hauptsächlich um Liebesgeschichten, Trennungen, die Sehnsucht, an ihren Geburtsort zurückzukehren, und das Wiedersehen mit geliebten Menschen. Sie drangen tief in das Herz von Razak ein und lösten Gefühle von Traurigkeit, Kummer, Schmerz und Trennung aus. Razak sang für sie Malayalam-Lieder aus Chemmeen und anderen Filmen.

Die riesige Dattelpalmenplantage, die er vom Erker aus beobachtete, war von Akeems Vater gepflanzt worden, der als Junge aus dem Jemen kam. Die Plantage lag in einer Oase, die ihm vollständig gehörte, etwa hundert Kilometer von Unayzah entfernt. Akeem war sein einziger Sohn unter zwölf Töchtern von drei Ehefrauen.

Die Haremsfrauen erzählten, dass Akeems Vater gerne jagte und viele Tage mit Freunden und seinem Sohn in der Wüste verbrachte. Bei einem dieser Jagdausflüge tötete Akeem seinen achtundvierzigjährigen Vater; ein Speer durchbohrte sein Herz von hinten, während er über Holzkohle gebratenes Gazellenfleisch genoss. Er war ein hervorragender Atlatl-Werfer, der einen arabischen Tahr oder eine Oryx-Antilope mit einem einzigen Wurf aus etwa zwanzig Metern Entfernung töten konnte. Akeem war erst siebenundzwanzig Jahre alt, als er seinen Vater erschlug, denn er wollte das Dattelpalmen-Anwesen seines Vaters, den Harem und den von ihm geschaffenen Reichtum übernehmen.

Zweimal in der Woche aß Akeem mit seinen Geliebten zu Abend, und sie freuten sich darauf, zu feiern, indem sie aßen und tranken, was ihnen schmeckte. Khamr, ein in der Mashrabiya gebrauter Wein, wurde zu Mofatah al-dajaj gereicht, Hühnerteile, die auf aromatischem Basmatireis serviert wurden, der mit Kardamom, Zimt, getrockneter Zitrone, Ingwer und Shaiba-Wurzeln gekocht wurde. An Festtagen schätzten sie Jalamah, das Fleisch von jungen Lämmern, das mit Zwiebeln und einer Mischung aus Gewürzen, vor allem schwarzem Pfeffer, gekocht wurde. Am liebsten aßen sie Gursan, dünnes Brot mit Fleisch, Gemüse und Arak, einem Alkohol, der aus fermentiertem Weizen, Rosinen und Jaggery destilliert wird.

Akeem freute sich immer, wenn er seine Geliebten traf und liebte ihre Gesellschaft. Er überreichte ihnen und Razak teure Geschenke, wenn er von seinen Auslandsreisen zurückkehrte. Er reiste nach Europa und Amerika, um seine Datteln bester Qualität zu exportieren, und importierte die modernsten Maschinen für seine Dattelpalmenplantage sowie Hickory-, Roteichen- und Akazienholz für den Schaft der Speere. Mindestens einmal in sechs Monaten reiste er durch verschiedene Teile Arabiens, um Mädchen zu kaufen und Frauen zu verkaufen.

Zuweilen war er gewalttätig und abweisend, und die meisten Frauen hassten ihn von Herzen. Vor allem nachts, wenn Agenten kamen, um Frauen zu kaufen, die die vierzig überschritten hatten, schlug er diejenigen, die sich weigerten, mit einer sjambok, einer schweren Lederpeitsche, und die Auspeitschungen dauerten lange Stunden, mit Gekreische und Geschrei, das Razaks Schlaf in einem winzigen Zimmer in der Nähe der Küche störte. Im Laufe der Jahre lockte Akeem neue Mädchen über die Grenze, und die alten verschwanden. Amira tauchte erst einige Monate vor Razaks Ankunft in der Mashrabiya auf und war nach den wöchentlichen Abendessen Akeems Liebling.

Akeem hatte zwei Ehefrauen, die freien Frauen, eine aus dem Jemen und die andere aus dem Irak, und sie lebten in verschiedenen Zwillingspalästen, die im maghrebinischen Stil gebaut waren und an den Harem angrenzten. Adil war der Sohn der jemenitischen Frau und durfte den Harem nicht betreten.

Akeem hatte Razak verboten, den Maghreb zu besuchen.

Razak hatte seine Familie in Malabar verlassen, als er zwölf Jahre alt war. Ein Agent in Riad brachte ihn nach Unayzah, und in den folgenden neunzehn Jahren diente er in Akeems Serail, ohne jemals seine Familie in Malabar zu besuchen. Adil war erst fünf Jahre alt, als Razak dort ankam, und sie wurden Freunde, teilten das Essen, spielten im Hof des Maghreb Fußball zu zweit, lernten Arabisch, lasen den Koran und beteten gemeinsam. Die Stille in der Mashrabiya war unheimlich, abgesehen von den Schreien der Frauen mitten in der Nacht. Razaks Geschichte quälte Thoma Kunj, und er erlebte oft die teuflische Stille und die sporadischen Schreie in seiner Stille.

Adil weinte laut, als er sah, wie Akeem seinen Freund Razak kastrierte. Als Razak wegen der septischen Wunden zwei Monate lang bettlägerig war, pflegte Adil ihn. Als Adil sechs Jahre alt wurde, jaulte er erneut auf, als die Beschneidung an ihm vorgenommen wurde, weil er dachte, sein Vater würde ihn kastrieren und er würde wie Razak werden. Er war begeistert, dass er immer noch ein Mann war, und begann mit vierzehn Jahren seine sexuellen Begegnungen mit Mädchen aus dem Libanon. Bald schenkte Akeem die Hälfte seines Anwesens an Adil, der seinen Harem in einer anderen Ecke seines Anwesens einrichtete.

Wenn er auf die Jagd ging, nahm Akeem seinen Sohn nie mit.

Die Frauen von Akeem waren freundlich zu Razak. Sie schenkten ihm teure Pralinen, gute Kleidung und Parfüm, und wenn niemand in der Nähe war, umarmten und küssten sie ihn leidenschaftlich und verführten ihn zu Sexspielen, die ihnen gefielen. In vielen Nächten schlief er mit jemandem, wohl wissend, dass Akeem ihn enthaupten würde, wenn er erwischt würde. Die Konkubinen lockten Razak, versteckten ihn in ihren fließenden Abayas und überwältigten ihn oft mit ihrem sexuellen Verlangen. Ihre geschmeidigen

Körper hatten eine Anziehungskraft, eine unerklärliche Kraft. Die sexhungrigen Kurtisanen sehnten sich nach Zärtlichkeit, warmer Zweisamkeit und wiederholten Orgasmen. Aber sie waren zahlreich, und Razak gelang es nicht, sie alle zu befriedigen.

Razak erinnerte sich an den Tag, an dem Akeem mit einem Krummsäbel nach ihm suchte, als er Razak dabei erwischte, wie er das Bett mit einer Kurtisane aus Ägypten teilte. Wie ein wilder Leopard in Ras Musandam, dessen Junges von einer gestreiften Hyäne gefressen worden war, war Akeem in Rage geraten. Blut tropfte von der Klinge, die er in seiner rechten Hand hielt.

Unter seinem linken Arm lag der abgetrennte Kopf des Ägypters.

"Allah", brüllte Akeem.

In der Mashrabiya herrschte absolute Stille.

"In deinem Namen werde ich den Kafir, den Mulhid, opfern", hallte Akeems Schrei überall wider.

Das Wehklagen der Frauen erfüllte die Luft in der Mashrabiya; sie beklagten das bevorstehende Schicksal von Razak, der sich unter der Matratze in einem Stapel alter Kleidung versteckt hatte. Zwei Tage lang war er dort ohne Nahrung und Wasser. Die Stahlspule unter dem Futon verursachte tiefe Schnitte auf seinem Rücken.

In der dritten Nacht retteten ihn zwei Frauen und versorgten ihn mit Essen und Wasser. Sie reinigten seinen Körper und cremten seinen Rücken ein. Er konnte die blutgetränkten Kleider in ihren Händen sehen. Es gab keine Möglichkeit, aus der Mashrabiya zu entkommen, und die Frauen öffneten den Deckel eines Kellers, einer rechteckigen Katakombe, etwa acht Fuß lang und sechs Fuß breit, vom zweiten Stock bis zum Boden ohne Tür oder Fenster, etwa dreißig Fuß tief. Sie war so gebaut, dass die Wände auf zwei Seiten aneinander stießen. Akeem nannte es Yajif Jayidan, einen trockenen Brunnen, ein Jahannam, die Hölle für seine Konkubinen. In dem Keller stapelten sich alte Kleider, ausrangierte Drivels, Abayas, Unterwäsche und Binden. Die Frauen baten Razak, tiefer zu gehen und sich in einer sichereren Tiefe zu verstecken, da sie wussten, dass Akeem mit einem Speer zurückkommen würde, um ihm das Gehirn zu durchbohren.

Razak ging tiefer und bahnte sich seinen Weg durch den Müll. Das Atmen war anstrengend, und der faulige Geruch erstickte ihn, aber das war angenehmer als die Angst vor dem Tod. Weggeworfene Binden mit getrocknetem und frischem Menstruationsblut bedeckten sein Gesicht, und jedes Mal, wenn er den Mund für einen tiefen Atemzug öffnete, schmeckte es bitter. Er ließ sich in einer Tiefe von etwa fünfzehn Fuß nieder. Darüber hinaus würde er ersticken; die Sicht war schlecht. Der Druck der über ihm liegenden Bunker war zu stark, und es war schwierig, sich hinzulegen. Er stand relativ aufrecht und atmete schwer.

Und in der vierten Nacht kam Akeem zurück. Er hatte einen Speer dabei, und eine plötzliche Stille breitete sich in allen Ecken des Harems aus wie der Morgennebel im Dattelhof. Die Stille war herzzerreißend. Er stieß mit seinem Speer einige Zeit von oben in den Keller, aber er konnte nicht tief eindringen, da Abayas, Nachthemden, Pyjamas, Unterhosen und Tücher den Weg versperrten; das Zurückziehen war schwierig. An der Speerspitze befanden sich keine frischen Blutstropfen und kein Fleisch, und so kehrte er fluchend zurück, versprach aber, dem Kafir zur Ehre Allahs die Todesstrafe zukommen zu lassen.

Der Speer war eine etwa sieben Fuß lange Stangenwaffe mit einem Schaft aus Hickoryholz; der spitze Kopf war aus Stahl. Akeem besaß eine Sammlung von mehr als hundert Lanzen mit Stäben aus Hickory, Roteiche und Akazie. Hickory- und Roteichenholz stammten aus Kalifornien, Akazienholz aus Westaustralien, allesamt von Akeem persönlich importiert. Mit seinen vertrauenswürdigen Leutnants jagte er alle sechs Monate fünf bis sieben Tage lang Kaphasen, Sandkatzen, Rotfüchse, Karakale, Gazellen und Oryxe in der Wüste. Außer Speeren und Dolchen benutzten sie keine weiteren Waffen. Das Expeditionsteam bestand aus etwa zwanzig Personen, ausschließlich Männern, und sie kochten und schliefen in der Wüste. Sie tranken aus mit Arak gefüllten Kannen und aßen gehäutete Tiere, die im Ganzen über dem Holzfeuer des Sagwan gebraten wurden.

Am fünften Tag, gegen Mittag, hörte Razak eine sanfte Stimme; er konnte sie erkennen, es war Amiras Stimme. Sie kam gerade herunter, um den Müll zu trennen, und er hörte, wie sie seinen Namen rief: "Razak, Razak, tu kahan hai?"

Sie hatte eine Flasche Wasser und etwas zu essen dabei. Sie säuberte Razaks Gesicht und Lippen mit dem Dupatta, das sie um den Hals trug. "Trink", sagte sie und reichte ihm die Flasche. Razak trank sie langsam aus. Das Essen war Hammel-Biryani. Sie riss das Fleisch in kleine Stücke und fütterte ihn mit ihren Fingern. Das kleine Mädchen aus Pakistan war zu einer schönen Frau herangewachsen, aber sie war dazu verdammt, innerhalb weniger Jahre eine Sexsklavin in der Unterwelt Arabiens zu sein. Von einem Harem würde sie in ein Bordell versetzt werden.

Wie beim Stillen eines Kindes brauchte Amira mehr als eine halbe Stunde, um das Stillen zu beenden. Dann küsste sie Razak auf die Wangen, drückte sein Gesicht an ihre Brust und umarmte ihn.

"Nimm mich mit, wenn du von hier weggehst. Ich würde gerne mit dir irgendwo auf der Welt leben, bitte", flehte Amira.

Razak sah sie an, aber er schwieg.

"Dies ist der im Koran beschriebene Jahannam; Akeem ist Iblis", fuhr sie nach einer Pause fort.

"Ja, Amira", antwortete er.

"Razak, ich glaube nicht an Khuda, der böse und brutal ist. Als Mann hasst er die Frauen; er ist lüstern und schuf ein Paradies mit Houris, jungen, vollbusigen Jungfrauen, zum Vergnügen der Männer. In Jannah sind die Frauen Sexsklavinnen. Es gibt wahre Geschichten von sexhungrigen Analphabeten, die nach Kriegen oder nächtlichen Raubzügen Frauen jeden Alters gefangen nahmen und sie in arabischen Wüsten zwangsverheirateten. Die Plünderer schlugen ihren Männern auf dem Schlachtfeld die Köpfe ab. Sie glaubten, wenn sie für den Islam sterben würden, bekämen sie die houris, zweiundsiebzig davon im Paradies. Das war eine große Verlockung", sagte Amira, während sie Razak umarmte.

"Frauen sind Konkubinen auf der Erde und Houris im Himmel. Allah hat die Frauen zum Vergnügen der Männer geschaffen", sagte Amira und hielt eine Weile inne.

"Razak, bitte nimm mich, sonst lande ich in einem Bordell irgendwo in Arabien", sagte sie nach einer Pause.

"Amira, das werde ich, ganz sicher", versprach Razak. Aber vielleicht hat sie ihn nicht gehört, denn seine Stimme war zu schwach.

Während sie kletterte, sah Amira Razak an.

"Küss die Sohle meines rechten Fußes als Zeichen des Vertrauens. Ich habe meinen Vater gesehen, wie er heimlich die Füße seiner Frauen geküsst hat", bat Amira.

Razak küsste die Sohle ihres rechten Fußes. Sie war weich und mit Menstruationsblut getränkt.

"Amira, wir werden nach Ponnani gehen und wie der Nawab von Malabar leben", versprach Razak.

Dann schlief Razak ein.

Am nächsten Morgen sah er ein altes Kleiderbündel in der Nähe seiner linken Schulter, und um etwas mehr Luft zum Atmen zu bekommen, schob er es weg. Der Gestank aus dem Ballen war unerträglich; als er ihn berührte, fuhren seine Finger hinein, und die Kleidung rutschte heraus. Verrottetes Menschenfleisch bedeckte seine Finger, und ein Augapfel lag in seiner Handfläche und starrte ihn an.

"Padachone", rief er.

Es war der verwesende Körper eines Neugeborenen.

Razak erbrach sich und versuchte, herauszuspringen, aber seine Beine und seine Hand blieben eingeklemmt. Er hob noch einmal ab; etwas Wasser und Speichel kamen heraus.

Noch einmal versuchte er, die alten Kleider und das Geschwätz um ihn herum zu trennen, und sein Bein stieß auf einen weiteren verwesten Körper, ein Baby, das gleich nach seiner Geburt in die Gruft geworfen wurde. Er wollte fliehen, aus dem Gewölbe springen. Akeem sollte ihm den Kopf abschlagen. Razak wurde ohnmächtig und verlor das Bewusstsein.

Als er die Augen öffnete, dachte er, er sei im Paradies, umgeben von Houris. Es dauerte ein paar Sekunden, bis er begriff, dass es die Frauen des Harems waren, die ihn aus dem Keller zogen. Er war nackt, und sie wuschen ihn mit warmem Wasser, trockneten seinen Körper mit türkischen Handtüchern und bedeckten ihn mit frischer Kleidung.

"Razak, hab keine Angst, er ist nach Riad gegangen und wird erst in sieben Tagen zurückkommen", sagte Amira.

Er konnte seinen Ohren nicht trauen. Es waren die schönsten und tröstlichsten Worte, die er je gehört hatte, viel musikalischer als die Selbstgespräche, die er geführt hatte, als er vor seinem trunksüchtigen Vater in Tirur weglief. Sein Vater, Bappa, hatte zwei Ehefrauen und acht Kinder. Razak war der Älteste. Bappa hatte einen Teeladen auf dem Fischmarkt von Tirur, und mit seinen Frauen und Kindern lebte er in einer Lehmhütte in der Nähe des Teeladens. Das Geld, das er mit dem Teeladen verdiente, reichte für die Familie nicht aus, da er täglich mehr als die Hälfte des Betrags für Alkohol ausgab.

Razak rief seine Mutter Umma an, die als Fischverkäuferin unterwegs war. Sie trug den Fischkorb auf dem Kopf und ging in die nahe gelegenen Dörfer; sie säuberte den Fisch und schnitt ihn in Stücke, wenn die Hausfrauen es verlangten. Da sie mit ihrer Arbeit zufrieden waren, schenkten sie ihr zu Festen wie Onam, Vishu und Eid alte Kleidung, Reis, Kokosnussöl und Gewürze. Doch das reichte nicht aus, denn Razak lauerte auf den Hunger, und nur an wenigen Tagen im Jahr aß er eine volle Mahlzeit mit voller Zufriedenheit. Er ging in die Schule, um die Mittagsmahlzeit einzunehmen, einen Brei mit fadem Geschmack.

Razak schlief in der Nähe seiner Mutter und vier weiterer Geschwister auf dem Boden. Seine zweite Umma und ihre drei Kinder waren in einer anderen Ecke. Er konnte die Hungersnöte seiner Geschwister spüren. Betrunkene Schlägereien seines Bappa mit körperlicher Gewalt waren typisch, und oft hörte er das leise Schluchzen seiner Mutter.

Umma roch immer nach Fisch, und Razak liebte diesen Geruch; er betete seine Mutter an. Sein einziger Traum war es, sie mit ausreichend Nahrung und neuer Kleidung zu versorgen. Später träumte er von einem besseren Haus, in dem Umma auf einem Feldbett schlafen und ihren Körper mit einer Decke zudecken konnte, um der Kälte während des Monsuns zu entgehen. Er träumte von einem Fahrrad, um seine Mutter und seine Geschwister einmal im Monat ins Kino zu bringen.

Freunde erzählten Razak Geschichten von vielen jungen Leuten, die nach Saudi-Arabien und in die Golfstaaten gingen, um Geld zu verdienen. In diesen Ländern gab es genug Gold; Kinder spielten mit Gold, und es wurden sogar Autos und Häuser gebaut. Er wusste, dass viele junge Leute das glänzende Metall in kleinen Booten nach Malabar brachten. Aber er wusste nicht, dass es sich dabei um Schmuggel handelte, und wenn er erwischt würde, käme er für mehrere Jahre ins Gefängnis. Der Schmuggel machte viele Menschen in

Tirur, Ponnani, Ottapalam, Malappuram und Kozhikode reich. Sie kauften Land, bauten Geschäfte, eröffneten Hotels, Restaurants und Krankenhäuser. Seine Freunde erzählten ihm, dass alle Villen rund um sein Lehmhaus mit Geld aus Gold aus Saudi-Arabien und den Golfstaaten gebaut wurden.

Razak wollte nach Arabien gehen, das Gold zurückbringen, um die Umma zu ernähren, seine Geschwister ausbilden, ein Haus bauen, ein Auto kaufen, ein Geschäft eröffnen und für immer glücklich leben. Sechs Monate lang grübelte er darüber nach und diskutierte es mit seinen Schulfreunden. Keiner entmutigte ihn. Reich zu werden sei sein gutes Recht, sagten sie. Sie waren auch bereit zu gehen, und einige waren bereits gegangen. Er stellte fest, dass die Zahl der Schüler an der Schule täglich abnahm. Zwei seiner engen Freunde hatten die Schule in der Woche zuvor verlassen. Als er die Schule erreichte, erzählte ihm jemand, dass sein Klassenlehrer in die Vereinigten Arabischen Emirate gegangen sei. Der arabische Traum verbreitete sich überall, und selbst die Kinder wurden unruhig.

Eines Nachts lief Razak von zu Hause weg, ohne seiner Mutter etwas zu sagen. Er war traurig, dass er sie verlassen musste, und stöhnte allein vor sich hin. Er wusste, dass er bald mit Taschen voller glitzerndem Metall zurückkommen würde. Viele Boote fuhren zu verschiedenen Häfen auf der arabischen Halbinsel, und er nahm eines, das mit jungen Leuten gefüllt war, die seit drei Tagen auf See waren. Ein Agent auf dem Boot brachte Razak mit drei anderen Jungen, die alle etwas älter waren, nach Riad und stellte ihn einem anderen Agenten vor. Innerhalb von drei Tagen war Razak in der Mashrabiya von Akeem.

Razak schlief zwei Tage lang, umgeben von den Frauen des Harems. Die Liebe, die sie ihm entgegenbrachten, war himmlisch, wie die houris des Paradieses, die Belohnung für gläubige Muslime im Jenseits, von denen er im arabischen Koran gelesen hatte.

Adil half Razak bei der Flucht aus Arabien mit einem Mashak, einem mit Gold gefüllten Wassersack aus Ziegenleder. Er dachte an seine geliebte Amira, die Pakistanerin, deren grünliche Augen er in seinen Augen behalten hatte und deren Aussehen in seinem Herzen war. Sie hatte eine schöne, von Liebe erfüllte Seele; er wollte sie mit sich nehmen und flehte Adil an. Aber Adil war anderer Meinung und sagte, sein Vater würde den anderen Frauen die Kehle durchschneiden, wenn eine von ihnen fehlte.

Razak war zuversichtlich. Amira wusste, dass er keinen regelmäßigen Sex haben konnte, also akzeptierte sie es, und nachdem sie eine höllische Erfahrung im Harem gemacht hatte, hasste sie Sex. Das hätte viele seiner Probleme gelöst. Er brauchte eine Gefährtin, eine Frau, die ihn lieben konnte und für die er bereit war zu sterben. Er wollte sein Leben bis zu seinem letzten Atemzug mit Amira teilen. Es gab genug Reichtum, um ein Schloss am Ufer des Flusses Nila zu bauen. Für Razak wäre Amira seine beste Gefährtin gewesen, die vertrauteste Freundin, die Seele seiner Seele, deren

Sohle er geküsst hatte. Er sehnte sich nach ihrer Gegenwart, suchte ihr Gesicht, um sich von ihren schönen Augen, ihren weichen Wangen und ihrem bezaubernden Lächeln verzaubern zu lassen. Razak liebte es, seine Träume mit ihr zu teilen, vergangene und zukünftige. Er und sie waren jenseits von Sex, dem deprimierendsten Akt auf Erden und im Paradies. Sie waren nicht mehr am Liebesspiel interessiert, sondern an Kameradschaft, Liebe, Berührung und herzlicher Zweisamkeit. Manchmal dachte er, dass er Amira mehr liebte als seine Umma, und er schämte sich für die Sünde, eine pakistanische Frau mehr zu lieben als seine Mutter.

Razak erinnerte sich daran, wie Amira den Jahannam hinunterkam und ihn mit Biryani fütterte. Ihre weichen, hübschen Finger berührten seine Lippen. Sie hatte ein wunderschönes Herz, ein Herz voller Liebe, das wertvoller war als das Gold in seinem Mashak. Er war bereit, alles Gold für sie und nur sie einzutauschen. Von Anfang an hatte er sie geliebt und es ihr nie gesagt. Er fürchtete, wie sie reagieren würde, denn er war ein kastrierter Mann, ein verstoßener Mensch, weder Frau noch Mann. Doch mit einem Wort veränderte sie seine Welt, schrieb die Geschichte neu und veränderte die Handlungen aller Epen, die je geschrieben wurden. Sie fragte: "Razak, tu kahan hai?"

Amira war an seiner Sicherheit interessiert, und sie existierte für ihn. "Ich liebe dich", sagte sie. Es klang wertvoll, wertvoller als alles andere auf der Welt. Auch er liebte sie von ganzem Herzen und mit ganzer Seele.

18 DAS SCHWEIGEN DES GEFANGENEN

"Ich glaube nicht an Khuda, der böse und brutal ist", sagte sie. Amira liebte Razak, selbst in der Hölle; sie zog ein Jahannam mit Razak dem Paradies ohne ihn vor. Für ihren Geliebten konnte sie Allah verleugnen; der Allmächtige konnte nicht existieren, wenn Razak existierte. Amira hatte große Angst vor ihrer Zukunft in einem Bordell, wo sie zur Sexsklavin für Hunderte von Menschen werden würde; in der Mashrabiya musste sie nur einem Mann gefallen. Sie wollte aus der Maschrabiya fliehen, um mit ihrem geliebten Razak zusammen zu sein, wo keine Houris, keine Gläubigen und kein Allah sie erreichen konnten.

Amira war dreißig, als Razak die Maschrabiya verließ. Aber er vergaß, Amira zu sagen, dass er nicht an Allah glaubte, der seine Kastration nicht verhinderte. Nach der brutalen Entfernung seiner Hoden wurde Razak zu einem Atheisten. Es gab nur noch Menschen wie Akeem Allah, die brutal und böse waren.

Razak kaufte einen Hektar Land und baute eine Villa in Ponnani, mit Blick auf das Arabische Meer. Er errichtete einen Einkaufskomplex in der Stadt in der Nähe der Hauptkreuzung. Viele Mädchen waren bereit, ihn zu heiraten, und er wählte eine aus Beypore in der Nähe von Calicut und heiratete sie, wobei er verheimlichte, dass er keinen Sex haben konnte. Er war zweiunddreißig, und sie war sechzehn. Nach einem Jahr erwischte Razak seine Frau mit ihrem Liebhaber und schlug beiden mit einem Beil aus Malappuram den Kopf ab. Akeem besaß ihn wie Iblis.

Als Razak seinen Austausch beendete, lächelte er gequält. Er schaute Thoma Kunj lange an, nicht um eine Reaktion zu erwarten, sondern um sich zu vergewissern, ob sein Freund die tiefere Bedeutung des Schweigens verstanden hatte. Thoma Kunj konnte eine verwirrende Stimmung beobachten, die Razaks Emotionen belastete, als sein Gesicht zerfiel und seine Lippen sich verzogen. Razak war ein trauriger Mann in der Stille.

"Wenn Akeem mich nicht kastriert hätte, hätte ich einen Sohn in deinem Alter gehabt. Aber du bist mein Sohn, mein einziger Sohn. Nach dem Gefängnisaufenthalt kommst du zu mir nach Ponnani", sagte Razak zu Thoma Kunj.

Thoma Kunj schaute ihn ungläubig an. Er liebte eine pakistanische Frau in einem Harem, aber nach zwanzig Jahren Gefängnis adoptierte er einen Mann als seinen Sohn, der zum Tode durch eine Schlinge verurteilt war, getaufter Christ, aber Atheist. Razak hatte im Gefängnis nur einen einzigen Freund, Thoma Kunj.

Thoma Kunj hatte ihn vor elf Jahren bei der Arbeit auf der Gefängnisfarm kennen gelernt. Razak stand kurz vor der Vollstreckung seiner zwanzigjährigen Haftstrafe. Er war dreiundfünfzig. Innerhalb von sechs Monaten nach seiner Entlassung aus dem Gefängnis erhielt Thoma Kunj eine Hochzeitseinladung von Razak, die ihm der Gefängniswärter überreicht hatte. Es war das zweite Jahr für Thoma Kunj. Razak hatte beschlossen, ein Mädchen aus Malappuram zu heiraten. Er suchte nach einer Gefährtin wie Amira, die

Razak lieben konnte, die nicht vom Sex besessen war, sondern sein Schweigen teilen würde.

Die Stille war golden. Aber die Stille der Herbergsleiterin hatte einen rätselhaften Nachhall mit einer äußerlichen Zärtlichkeit, oder sie hätte sich als liebevoll darstellen können. Nach zwei Minuten nachdenklicher Ruhe erzählte sie dem Gericht, dass sie gesehen hatte, wie Thoma Kunj die Leiche des minderjährigen Mädchens in einen Brunnen in der Nähe des Wohnheims fallen ließ. Der Rückblick, den sie in wenigen Worten präsentierte, verblüffte die Anwesenden und traf den Richter wie ein Donnerschlag. Sie erschütterte das Vertrauen von Thoma Kunj, denn ihre Aussage besiegelte sein Schicksal. Es war gegen fünf Uhr abends, und sie sah eine große Gestalt mit unrasiertem Gesicht durch den Korridor des Wohnheims laufen, die Tür zum Brunnen in der Nähe des Pumpenhauses öffnen und die Leiche in den Brunnen fallen lassen. Sie war sich sicher, dass es Thoma Kunj war.

Thoma Kunj war nur einmal in der Herberge, und zwar auf Drängen von George Mooken. Es war ein Sonntag, und Mooken erzählte ihm, er habe einen Anruf vom Herbergsvater wegen eines Lecks in der Wasserleitung des Wohnheims erhalten. Da es sich um einen Sonntag handelte, war der Klempner des Wohnheims nicht im Dienst und nicht erreichbar. Der Heimleiter bat Mooken, jemanden zu schicken, der den Fehler beheben sollte. Da Thoma Kunj sich um die Klempnerarbeiten im Schweinestall kümmerte, bestand Mooken darauf, dass er in die Herberge geht und die Reparatur vornimmt, aber Thoma Kunj wollte nicht gehen; außerdem hatte er zu Hause viel zu tun. Mooken rief Thoma Kunj am Mittag noch einmal mit der gleichen Bitte an.

Thoma Kunj begab sich gegen drei Uhr nachmittags in die Herberge. Er wollte die Arbeit innerhalb von zwei bis drei Stunden erledigen. Aber er hätte nie gedacht, dass dies sein Leben verändern und ihn an den Galgen bringen würde.

Thoma Kunj schaute die Aufseherin ungläubig aus der Loge des Angeklagten an, aber ihre Erscheinung war zart, und das graue Haar, das ihr in die Stirn fiel, verbarg ihre Lüge, ihre Sturheit. Ihre Brille war rund und dick; ihr Gesicht spiegelte den Schmerz wider, den ein Mord in einem von der Regierung betriebenen Wohnheim für berufstätige Frauen verursacht. Sie war die letzte Zeugin. Der Richter hatte keine Bedenken, der Aussage einer fünfundfünfzigjährigen Beamtin Glauben zu schenken.

Dennoch hatte Thoma Kunj nie daran gedacht, dass ein Richter noch vor der Anhörung über sein Schicksal entscheiden könnte. Der achtundvierzigjährige Richter trug ein nie enthülltes Geheimnis in seinem Herzen, da er seit dem Tag, an dem eine Studentin ihm sagte, dass sie ihr Kind nicht abtreiben würde, unter einem tiefen Schweigen litt, das er selbst geschaffen hatte. Er war ein junger Anwalt, und sie besuchte sein Büro, um ihn zu einem Vortrag über Recht und Literatur an ihrer Hochschule einzuladen. Sie stellte ihn ihren Lehrern und Kommilitonen mit treffenden Worten voller Lobeshymnen vor. Ihre Intelligenz, ihre Führungsqualitäten und ihre Fähigkeit zu kommunizieren faszinierten ihn.

Sie bewunderte seine analytischen Fähigkeiten und sein Fachwissen in Rechtsfragen. Seine Fähigkeit, sein Publikum mit prägnanten Worten und Sätzen zu überzeugen, war einzigartig.

Ihre Freundschaft wuchs, und sie trafen sich oft, fuhren mit dem Fahrrad des jungen Anwalts zu verschiedenen Orten und verbrachten die Nächte in herzlicher Nähe.

Sein Schweigen zerbrach, als er Thoma Kunj im Gerichtssaal sah. Der Richter verlas schweigend den Namen des Angeklagten: Thomas Emily Kurien. Es überraschte ihn; er schaute Thoma Kunj ungläubig an. Sein Gesicht spiegelte sich in Thoma Kunjs Erscheinung.

Die Stille hatte eine Vibration; sie war schwanger mit den klagenden Schreien einer Frau. Das Schweigen des Richters seit fünfundzwanzig Jahren hallte von diesen Schreien wider.

Die Aussage eines älteren Heimleiters hatte Folgen, denn sie führte zu einem Urteil, das das Schicksal eines vierundzwanzigjährigen Mannes besiegelte.

"Hängt ihn am Hals, bis er stirbt."

Der Urteilsspruch war kurz und präzise.

Emily, die Mutter von Thoma Kunj, litt unter einem Schweigen, das sich von der Sanftheit von Akeems Konkubinen unterschied und sich vom Schweigen des alternden Herbergsvaters abhob. Emilys Schweigen war herzzerreißend; es durchdrang den Körper von Thoma Kunj und durchzog das ganze Haus. Ihr Schweigen war sanft, großzügig und liebevoll. Bis Thoma Kunj zwölf Jahre alt wurde, erzählte sie nur ungern von ihren Kindheitserinnerungen und ihrer Zeit am College, stattdessen erzählte sie Geschichten aus Romanen und Epen. Thoma Kunj hörte ihr ehrfürchtig zu, ohne sich in ihre Beschreibungen einzumischen. Aber er spürte, dass sie selbst beim Erzählen von Geschichten eine aufschlussreiche Ruhe bewahrte.

Thoma Kunj trug ihr Andenken in unergründlicher Stille. Im Gefängnis erinnerte er sich immer an sie. Es war ein unzerstörbares Band, und er wuchs mit ihrem Schweigen. Er meditierte über ihr Schweigen und verwandelte die Zelle mit ihrer lieblichen Präsenz.

In den ersten Monaten in der Zelle waren die Nächte lang und beängstigend, aber er gewöhnte sich an die beängstigende Dunkelheit, die mit dem Tageslicht verschmolz und ihre Gleichgültigkeit verlor. Allmählich wurde die Nacht angenehmer, hoffnungsvoller und ruhiger. In der Dunkelheit sah er sich selbst besser und wurde sich seiner inneren Schwingungen und der Schwingungen der Zelle bewusster. Die Zelle war wie das Yajif Jayidan, in dem Razak drei Tage und Nächte in Schwachsinn und verwesendem Menschenfleisch verbracht hatte. Niemals mitfühlend oder neugierig, sondern vorsichtig und beharrlich, schützte die Zelle ihn wie ein Gerichtsmediziner eine Leiche. In den fensterlosen vier Wänden konnte er seine Atmung, seinen Herzschlag, sein Herzklopfen und die leisen Klagen der verirrten Ameisen auf der Suche nach Nahrung und ihren Gefährten zählen. Die Geräusche, die von außerhalb der Zelle kamen, hatten eine ganz eigene Bedeutung und Statur. Nach Mitternacht hatten die herannahenden Stelzenläufer einen anderen Zweck. Sie trugen den Tod in ihren mächtigen Händen.

Doch die Todessehnsucht war schon da, bevor sie das Gesicht von Appu traf. Seine Lippen waren blutüberströmt, seine Zähne fielen auseinander, und seine Nase war zerquetscht. Es war ein mächtiger Schlag. "Deine Mutter ist eine Veshya", schrie er, und alle Schüler hörten ihn. Ambika hatte einen erschrockenen Blick. Aber die Zertrümmerung von Appus Nase hatte ihre Gründe. Wie konnte er es wagen, Mama eine Prostituierte zu nennen? Es war eine Strafe, keine Abschreckung, keine Besserung, sondern Rache, wie die der Sakuni im Mahabharata.

Die Todeswünsche keimten auf, als einige Schüler tratschten und Lehrer unerwünschte Sympathiebekundungen abgaben. Es war ein intensiver Wunsch, aus dem Leben zu verschwinden. Schon bei der Geburt gab es eine aufkeimende Sehnsucht zu sterben. Mama pflegte zu sagen, dass ihr Baby immer wieder versuchte, mit seinen winzigen

Händen die Bettdecke über sein Gesicht zu ziehen, was ihm den Atem raubte. Mama hatte recht, das Sterben hatte einen Reiz, es erfüllte die Sehnsucht nach Leben. Mama, Papa, Appu, der Herbergsvater, der Richter, die Gefängniswärter und die Schweine in George Mookens Schweinestall zappelten Tag für Tag, um zu sterben, um die Berührung des Todes zu erleben, warm und kalt, weich und rau. Der Anblick von Mamas leblosem Körper, der vor der Kirche am Kreuz hing, vermittelte den verkommenen Sinn des Lebens, eine schlichte und brutale Wahrheit, die jedoch einen bleibenden Eindruck hinterließ. Die Endgültigkeit des Lebens war der Tod, und alle Sehnsucht im Leben war Sehnsucht nach dem Tod. Mama machte ihre Schlinge aus der Schale einer Kokosnuss. Nach Mitternacht ging sie zur Kirche, und sie kannte das massive Steinkreuz, denn jeden Sonntag hatte sie Geld in den Kasten neben dem Kreuz geworfen. Mama vergaß nie, eine Kerze anzuzünden und schweigend die Hände zu falten und zu beten. Sie bat das Heiligste Herz Jesu, die Jungfrau Maria und den heiligen Apostel Thomas, der ihre Vorfahren bekehrte, als er 52 n. Chr. an der Malabarküste landete, Thoma Kunj und Kurien zu beschützen. Sie warf das Seil über die Hände des Kreuzes und band es mit Hilfe eines Plastikhockers selbst mit einer Schlaufe zusammen. Die Schlinge hätte sie eingeschüchtert, aber sie streichelte ihren Hals und strangulierte sie zu Tode.

Elf Jahre im Gefängnis lehrten Thoma Kunj viele Lektionen; er konnte selbst das leiseste Nachtgeräusch unterscheiden. Der Tod war still; er machte nie ein

Geräusch. Die Vorbereitung auf den Tod erzeugte Geräusche und Wut. Die Stille im Gefängnis war ein Ausdruck der Trauer und des Kummers. In der Stille lag ein verborgenes Klagelied, und man musste sehr aufmerksam sein, um es zu hören. Es war wie der Genuss von Trauermusik; sie war schön, heiter und fröhlich. Niemand hätte sie gespielt, wenn sie kakophonisch, nicht melodiös und glückselig gewesen wäre. Bei der Beerdigung von Mama gab es keine Musik. Der Pfarrer weigerte sich, sie auf dem Friedhof zu begraben, weil sie sündig war und sich erhängt hatte. In seinen Augen waren Bosheit und Wollust zu erkennen. Jahre später sagte George Mooken, er habe dem Pfarrer eine beträchtliche Summe gezahlt, damit ein Stückchen Erde für Mamas Grab ausgehoben werden durfte, aber er nannte den Betrag nicht. Mooken verstand Mamas Todeswunsch, da sie um ihr Leben bangte.

Mama bemühte sich um eine Stelle als Kehrerin in der staatlichen Schule. Die Ernennung hob ihre Laune, und ihre Stille verschwand schnell. Ihr Englisch war ausgezeichnet, denn sie konnte es gut lesen und schreiben. Sie besuchte eine öffentliche Schule in Kodaikanal, aber Mama konnte ihren College-Abschluss nicht machen und hatte keine Lehrerausbildung, um an einer Grundschule zu unterrichten. Im zweiten Jahr ihres Studiums wurde sie schwanger und ging nach der Geburt mit Kurien nach Malabar, aber er war nicht der Vater von Thoma Kunj. Emily hatte Papa schon vor der Heirat von ihrer Beziehung zu einem Anwalt erzählt, der sie abserviert hatte. Papas Entscheidung, Mama zu heiraten, war nicht aus Mitleid, sondern aus Liebe. Kurien arbeitete in George Mookens Schweinezucht, und Emily wurde Kehrerin in einer staatlichen Schule. Sogar der Direktor der Schule bat sie oft um Hilfe beim Verfassen von Briefen und Rundschreiben in englischer Sprache.

Als Thoma Kunj zwölf Jahre alt war, erzählte Emily ihm ihre Geschichte; sie fand, dass ihr Sohn sie kennen sollte, und sie schämte sich nicht. Thoma Kunj akzeptierte ihre Biografie und hielt seinen Kopf hoch.

Der Pfarrer verlangte eine beträchtliche Summe, ein Bestechungsgeld für die Stelle des Kehrers in der Gemeindeschule, obwohl die Regierung das Gehalt in der kirchlichen Schule bezahlte.

Um sie auf dem kirchlichen Friedhof zu begraben, nahm der Pfarrer eine Summe an.

Papa half Mooken bei der Gründung seiner Schweinezucht, da er ein Jahr lang eine Ausbildung an einer Veterinärschule absolviert und neue Techniken der Schweinezucht erlernt hatte. Er war der erste Vollzeitmitarbeiter bei Mooken und bildete später fünfzehn Arbeiter aus und wurde innerhalb von zehn Jahren zum Aufseher. Sie fuhren zu Schweinefarmen in Idukki, Wayanad und Coorg, um Lastwagenladungen von Ferkeln zu kaufen. Der Schweinestall florierte; Mooken exportierte Schweinefleisch an viele Restaurants und Hotels in ganz Indien. Er erwarb Ländereien und Waren, Autos und Lastwagen, schenkte Papa fünfzig Cent Land und half ihm, ein Haus mit drei Zimmern, einer Küche und Toiletten zu bauen. Doch bevor es verputzt werden konnte, starb Papa. Die Polizei von Karnataka schlug ihn ohne Grund. Für sie hatte der Lastwagen keine gültige Bescheinigung über die Kontrolle der Umweltverschmutzung, da sie zwei Wochen zuvor abgelaufen war. Mooken könnte vergessen haben, die Bescheinigung zu besorgen, obwohl es sich nicht um ein Verbrechen handelte, das mit der Todesstrafe geahndet wurde.

Oft verhängte die Polizei von Karnataka unter fadenscheinigen Gründen harte Strafen gegen Lkw-Fahrer aus dem Nachbarstaat. Sie verlangten ein Bestechungsgeld von zweitausend Rupien, und Papa weigerte sich zu zahlen. Mooken hätte den Betrag gezahlt, weil er Bürokraten und den Pfarrer zu verschiedenen Vergünstigungen veranlasste, denn ohne Bestechungsgelder war es unmöglich, ein Geschäft zu eröffnen. Papa wollte das Geld seines Arbeitgebers sparen, was zu seinem rücksichtslosen Ende führte. Er war ein kleiner Mann; sein zerbrechlicher Körper konnte dem sadistischen Angriff der Polizei nicht standhalten, und er starb dort mit schweren Verletzungen. Er spuckte Blut. Manche Polizisten waren grausam und rücksichtslos, und viele verhielten sich unmenschlich, um Geld zu verdienen. Für sie musste Papa die Strafe dafür zahlen, dass er sich weigerte, einen Anreiz zu zahlen, was sie als ihr Recht betrachteten. Alle Todesstrafen waren eine Verletzung von Rechten, ob tatsächlich oder eingebildet. Aber einige, die die Todesstrafe erhielten, waren unschuldig.

Die Menschen sorgten sich nur um das Opfer, selten um den Verurteilten, von denen viele nichts mit dem Verbrechen zu tun hatten. Die Gesellschaft kümmerte sich nur selten um die Unschuld eines stimmlosen Angeklagten. Jemand musste sterben und den ultimativen Preis zahlen; nach seinem Tod am Galgen oder durch die Hände der Polizei kümmerte sich niemand darum, ob derjenige, der sein Leben verlor, unschuldig war. Mama weinte, als sie Papas gebrochene Arme und Beine sah, konnte sich aber nicht vorstellen, dass seine Leber zerschmettert, seine Lunge, sein Herz und seine Bauchspeicheldrüse durchstochen waren.

Die Polizei von Karnataka erfand die Geschichte, dass ein wütender Elefant Papas Körper zertrümmert habe. Das wütende Tier konnte nicht eingesperrt werden. Es wanderte einfach in die Köpfe der Polizei und derjenigen, die von der Geschichte hörten. Selbst nach Papas Tod schöpfte Mama Hoffnung für das Leben.

Hoffnung und Verzweiflung gingen Hand in Hand, und es war nicht leicht zu unterscheiden, wann sie sich trennten. Als der Richter das Urteil verkündete, gab es Verzweiflung und Vorfreude, die Angst vor dem Verlust einer Lebensweise und die Vorfreude auf das Neue. Auch als er seine letzte Berufung verlor, gab es Schwermut und Optimismus - Trauer über den Verlust der Zelle, aber auch die Vorfreude auf das Schafott. Als er am Galgen stand, herrschte Verzweiflung und Zuversicht. Der Tod würde die absolute Freude sein; die Schlinge würde sich zuziehen, und der Körper würde in der Luft baumeln; er würde das Strafrecht, das Gefängnispersonal und Padachon herausfordern. So wie Amira Allah herausforderte, forderte Emily ihren gekreuzigten Retter heraus; sie konnte den Tod überwinden, während andere schon bei dem Gedanken daran zitterten.

Thoma Kunj hielt sein linkes Ohr dicht an den Boden, da das rechte sein Hörvermögen auf der Polizeiwache teilweise verloren hatte, als Gesetzeshüter ihn in der Haft angriffen.

Thoma Kunj hörte das Klopfen von Metallschlüsseln, die die Schlösser öffneten. Die Zelle hatte doppelte Schlösser, zwei massive Vorhängeschlösser aus der Gefängnisschmiede, in der er sechs Jahre lang gearbeitet hatte. Zwei Jahre war er in der Schreinerei tätig und zwei weitere Jahre auf dem Bauernhof. Nachdem seine letzte Berufung abgelehnt worden war, wurde er in einer Zelle mit doppelten Schlössern untergebracht, um die Fluchtwege zu verschließen. Ein Jahr lang hatte er auf die Hinrichtung gewartet. Jeden Morgen wartete er gespannt auf die Schritte und den Klang der Stiefel. Drei bis fünf Uhr dreißig morgens war die qualvollste Zeit für ein erfülltes Leben, wie Mama sagte: "Dieses Elend ist der Sinn des Lebens, aber es gibt eine Befriedigung darin." Das Warten machte ihm Hoffnung und er lauschte gespannt auf die feierlichen Schritte und das schwere Geräusch der Wathosen.

Es war majestätisch, mit dem Oberaufseher, zwei Gefängniswärtern, einem Wächter und einem Arzt zu gehen. Die Hände würden von hinten gefesselt werden. Es war eine Parade wie diese auf dem Janpath am Tag der Republik. Als Mitglied der Pfadfinder nahm Thoma Kunj einmal daran teil. Er ging in die achte Klasse und war der einzige Schüler, der aus seiner Schule ausgewählt wurde. Der einzige Unterschied bestand darin, dass es für den Marsch zum Galgen keine Kapelle, keine Musik und keine Pferde gab und auch keine vorherige Ausbildung erforderlich war. Thoma Kunj hatte drei Monate lang für die Parade zum Tag der Republik trainiert, zwei Monate in der Bezirksverwaltung und einen Monat in Neu-Delhi. Emily war damals noch am Leben; sie hatte das gesamte Programm im Fernsehen verfolgt. Nach der Parade kehrte er mit vielen Geschenken für seine Mutter, Parvathy, George Mooken, Lehrer und Freunde nach Hause zurück. Für Ambika gab es eine Nachbildung des Roten Forts. Emily umarmte ihn, weil sie stolz auf ihn war. Die ganze Schule feierte ihn; er war ein Held. Aber die Parade mit den Gefängniswärtern endete am Galgen. Normalerweise wurden Hinrichtungen früh am Morgen, gegen fünf Uhr, vollzogen. Es gab zwei Schlingen an denselben Galgen, so dass zwei Gefangene gleichzeitig gehängt werden konnten.

Bei der Verkündung des Todesurteils sagte der Richter, dass das Hängen eine schmerzlose Strafe sei und am besten zur indischen Kultur passe, auch wenn es von den Briten eingeführt worden sei. Er sprach so, als ob er sie selbst erlebt hätte. Vielleicht hat er sie in Gedanken schon tausendmal durchlebt. Vor der britischen Herrschaft hatten die Moguln eine Vielzahl von Methoden, um einen Sträfling hinzurichten, darunter die Zertrümmerung des Kopfes eines Gefangenen mit einem Elefanten oder das Abschlagen des Kopfes mit einem Schwert, wie ein Haufen ungebildeter Schurken, die einen nächtlichen Raubzug in einer von Juden bewohnten arabischen Oase durchführen, um sich im Jenseits mit zweiundsiebzig houris zu vergnügen.

Der Richter war ein Mann mittleren Alters. Thoma Kunj würde wie der Richter aussehen, wenn er sein Alter erreicht hätte. Er hatte einen leichten grauen Bart, und Thoma Kunj hatte einen dunklen, da er seine Stoppeln in der Zelle nicht rasieren konnte. Nachdem er die Akte durchgesehen und seinen Namen gelesen hatte, schaute der Richter ihn neugierig an. Thoma Kunj war der Angeklagte; der Richter schickte ihn bis zur letzten Verhandlung ins Gefängnis. Der Richter war ein freier Mann, und Thoma Kunj wurde zum Angeklagten.

Als er verurteilt wurde, arbeitete Thoma Kunj im Ofen und war der beste Eisenschmied. Der Gefängniswärter sagte oft, sein Handwerk sei hervorragend, wie das der Deutschen. Bevor er die Leitung des Gefängnisofens übernahm, hatte der Kerkermeister eine einjährige Ausbildung in einer Schmiede in Völklingen absolviert. Thoma Kunj mochte die Hitze und den Klang der Schmiede und die Endprodukte, die er formte. Er formte die Schlösser, die ihn einsperrten, und er war sich dessen bewusst. "Du formst deine Zukunft, schließt dein Leben damit ein und wirfst die Schlüssel in eine tiefe Schlucht", sagte Mama beim Kochen; sie sprach von der Sinnlosigkeit des Lebens, wenn man allein bleibt, ohne Freunde, ohne Stimme. Thoma Kunj erinnerte sich an ihre Worte, als er im Brennofen war, aber er war froh, die Schlösser zu formen. Innerhalb der Zelle war er sicher, das wusste er. Die Gefahr lag außerhalb der Zelle, im Bestrafungsraum, bei den Schlagstöcken, den Ketten und schließlich bei den Galgen. "Man sucht sich sein Schicksal aus", war die Meinung des Wärters. Er glaubte an Karma.

Der Kerkermeister der Schmiede glaubte, dass die Menschen frei geschaffen sind und jeder einen freien Willen besitzt; sie tun, was sie wollen. Sobald sie gegen das Gesetz verstießen, seien sie für ihre Taten verantwortlich und verdienten eine Strafe. Aber er unterschied sich von anderen Kerkermeistern, da er Verurteilte nie auspeitschte und sie nicht einmal misshandelte. Seine Hände waren nicht mit dem Geld und dem Eigentum des Gefängnisses verschmutzt. Der Oberaufseher und andere Beamte hingegen häuften ungehindert Reichtümer an, was den Kerkermeister der Schmiede zu einem Außenseiter im Gefängnis machte. Thoma Kunj respektierte ihn, hielt aber seine Philosophie über das Verbrechen für naiv.

Der Gefängniswärter war gläubig und betete jeden Tag. Er hatte in seinem Haus neben dem Speisesaal eine winzige Gebetsstätte errichtet, in der er und seine Frau mit Blumen, brennenden Öllampen und Weihrauch Ganesh, dem Elefantengott, Gebete darbrachten. Er rezitierte das Vakratunda-Ganesh-Mantra und verbrachte mindestens eine halbe Stunde vor dem Idol.

Die Menschen waren nur in einem begrenzten Sinne frei, ihre Vergangenheit, ihre Gegenwart und ihre Zukunft waren festgelegt, es gab kein Entrinnen. Aber jeder besaß die Fähigkeit, Widrigkeiten und Unglück zu ertragen, zu gewinnen, da die Menschen ihre unmittelbare Umgebung gestalten konnten. Nach drei Tagen eines epischen Kampfes fing ein einsamer alter Angler mitten auf dem Meer einen riesigen Marlin, der viel größer war als sein Boot. Er holte den Marlin ein, band ihn an der Seite seines Katamarans fest und ruderte zur Küste. Haie griffen den Fisch an, und der Fischer kämpfte unerbittlich gegen sie an. Am Ufer angekommen, fand der Fischer das ausgedehnte Skelett des Fisches, den er gefangen hatte, und die Leute drängten sich, um ihn zu beobachten. In dieser Nacht schlief er und träumte von Löwen. Mama erzählte die Geschichte; Thoma Kunj konnte den ganzen Sinn nicht begreifen. Aber er lernte, dass die Menschen dort waren, um zu gewinnen.

Thoma Kunj mochte die Frömmigkeit nicht und hasste Gott. An dem Tag, an dem sich seine Mutter vor der Kirche an das Kreuz hängte, verbrannte er Bilder des heiligen Herzens Jesu, der Jungfrau Maria und von Heiligen an den Wänden seines Hauses. Er bündelte die Asche in einer Plastiktüte und warf sie in eine Grube, in der George Mooken den Urin von Schweinen sammelte, um Kochgas herzustellen. Nach der Beerdigung seiner Mutter ging Thoma Kunj nicht mehr in die Kirche. Er schwor sich, niemals eine Kirche zu betreten oder einen grausamen und narzisstischen Gott anzubeten. Razaks Geschichte bestätigte, dass Padachon böse war, denn die Menschen konnten sich kein allmächtiges, ewiges Wesen vorstellen, das nicht böse war.

Mindestens einmal im Monat, wenn die Sonne im Meer versank und die Dunkelheit das Land verschlang, oder früh am Morgen, wenn niemand da war, besuchte er Emilys Grab und erzählte seiner Mama seine Geschichten.

Thoma Kunj hasste das Mitleid, denn er wusste, dass Mitleid ein Mittel war, um Frömmigkeit und Gehorsam zu erzeugen. Jeden Sonntag und an Festtagen ging er mit seiner Mutter in die Kirche, wo der Vikar Gebete in Malayalam, vermischt mit Aramäisch-Syrisch, sprach. Thoma Kunj hatte die Bibel vom ersten bis zum letzten Wort gelesen, aber schon als Kind mochte er den Gott Israels nicht, der grausam und blutrünstig war und Kinder und Frauen tötete. Emily riet ihm, nicht das Alte Testament zu lesen, sondern ermutigte ihn, aus dem Neuen Testament zu lernen, in dem Jesus die Hauptfigur war. Aber er weigerte sich, die von ihm vollbrachten Wunder zu glauben, insbesondere die Verwandlung von Wasser in Wein in Kana und die Auferweckung des Lazarus von den Toten. Thoma Kunj machte sich über die Jungfrauengeburt lustig.

Nach Emilys Tod war es für ihn zu spät zu erkennen, dass die biblischen Geschichten Mythen waren wie die

Ilias und die Odyssee, das Mahabharata und das Ramayana oder die Magie der Barmherzigen in der arabischen Wüste. Thoma Kunj empfand Sympathie für den Gott von Moses und Abraham, als er ein Mann wurde.

Der Gott der Bibel war nicht still; er war ein brüllendes Wesen wie Amira. Er verursachte Lärm, Hass, emotionale Erschütterungen, Rache, Lust und Akeems Schwert.

Als Akeem die Ägypterin enthauptete, war der Barmherzige still. Er bewahrte eine tiefe Ruhe, als Neugeborene in kleinen Stoffbündeln in Mashrabiyas Hölle geworfen wurden und Razak Padachone weinte, nachdem seine Finger einen verwesenden Körper durchbohrt hatten. Der Allmächtige schwieg, als Akeem seinen Harem mit Jungfrauen von Malaysia bis Ägypten und Aserbaidschan bis Pakistan schuf.

Auch in Thoma Kunjs Leben war Gott still. Sein Schweigen war herzzerreißend, als Papa auf seinem Weg von Virajpet nach Koottupuzha von der Polizei von Karnataka zu Tode geprügelt wurde. Gott schwieg, als der Pfarrer ein Bestechungsgeld verlangte, um Emily als Kehrerin an der Gemeindeschule einzustellen, wofür die Regierung das Gehalt bezahlte. Er bewahrte ein tiefes Schweigen, als der Pfarrer Geld für die Beerdigung von Mamas Leiche auf dem Gemeindefriedhof verlangte.

Das Schweigen war innerlich; es hatte ein endloses Universum, und man musste sterben, um es wirklich zu verstehen. Sie hatte keine Grenzen, denn niemand konnte sie messen, teilen oder tauziehen. Die Stille erreichte nie ihre Fülle, übertraf ihren Wert, nichts zu wollen, und strotzte vor der Freiheit, in einem Vakuum Phantasie, Reflexion und Meditation zu haben. Zyklisch lethargisch, war die Stille das mächtigste Wesen im menschlichen Dasein, immer durchdringend, ständig durchdringend, aber faulig im Aussehen. Im Grunde widersprach sie sich selbst, um an Größe und Statur zuzunehmen, und stellte ihre Präsenz in der Leere in Frage; die Stille widersetzte sich den Definitionen. Sie konnte einen mit immerwährender Empathie und verblüffenden Erwartungen umarmen, ein Tentakel, dem man nur schwer entkommen konnte. Die Stille war für jeden etwas anderes: wertlos, unauthentisch, selbstzerstörerisch, verlockend, verführerisch und immer bezaubernd. Thoma Kunj betrat die Stille in einem Schweigen, kehrte aber nie zurück.

Aber die Stille war keine Lösung für das Böse.

Thoma Kunj war bereit, in seine Ruhe einzudringen und in seiner Existenz zu schlafen. Es war frustrierend, wie er immer wieder versuchte, den Kern seines Wesens, seiner Gefühle und seiner Atmung zu berühren, um die tiefe Sehnsucht zu erfahren, sich selbst auszulöschen. In dem Bestreben, darüber hinauszugehen und seinen Herzschlag und sein Bewusstsein mit dem Selbst in ihm zu teilen, tauchte er in die Tiefen seiner Seele ein. Die Leere, die ihn einhüllte, war voller Trauernebel über seine Mama und seinen Papa, die Geschichten von Kummer und

Qualen erzählten. Aber der Todeswunsch war immer noch in seinem Schweigen und übersprang die Rubriken seines Glaubens, um seine Eltern zu erreichen, wie Razaks Suche nach Amira.

Zehn Jahre lang lebte er als Sträfling in den vier Mauern des Gefängnisses, wartete auf das Ergebnis seiner letzten Berufung und erwartete im elften Jahr, dass der Gefängnisdirektor, die Gefängniswärter, die Wächter und der Arzt ihn zum Galgen führten. Auf ihre Schritte wartete er von drei bis fünf Uhr dreißig morgens, jeden Tag, jede Stunde, jede Minute und jede Sekunde.

Und endlich kamen sie.

Er hörte das Geräusch des Schlüssels gegen das Vorhängeschloss, das er im Gefängnisofen entworfen hatte. Sie schlossen ihn mit demselben Vorhängeschloss ein. Als er im Ofen arbeitete, wusste Thoma Kunj, dass er sein Schloss anfertigte, um seine Zelle zu verschließen.

Seine Zelle hatte nur eine schwache Glühbirne; der Schalter war draußen.

Das schwache Licht hatte seine Stille.

In der Nacht gab es nur von sieben bis acht Uhr Licht. Es war das Licht, das von jemandem erzeugt wurde. In der letzten Phase seines Lebens warf er sein Ich ab und existierte jenseits seiner Existenz. Für Thoma Kunj war das ein Widerspruch, aber eine Realität.

"Du weinst nicht nach dem Leben, du sehnst dich nicht nach Vergnügungen, du denkst nicht an die Zukunft und du vergisst die Vergangenheit", belehrte Thoma Kunj sich selbst.

"Wenn du dich selbst verlierst, siehst du die Schlinge nicht, du spürst ihren Knoten nicht an deiner Kehle, und du siehst die Schafotte nicht", versicherte er sich selbst.

Razak konnte seine Frustration nicht überwinden und durchlebte seine Kastration erneut. Akeem kastrierte ihn nur einmal, aber Razak kastrierte sich jede Minute seines Lebens. Amira konnte ihre Frustration überwinden, denn sie verstand, dass sie unbedeutend war und nur wenig einbrachte. Mit ihrer Liebe zu Razak baute sie eine Welt auf, eine Vision von Zusammengehörigkeit, Teilen und Wärme. Sie war bereit, mit ihm zu reisen, ihn leidenschaftlich zu umarmen, ohne seine Grenzen auszunutzen, und seine Liebe zu seiner Umma neu zu erleben. Amira wurde zu Razak, aber er konnte dies nicht mit seinem Leben erwidern. Er war bereit, sie in der Hölle, einem irdischen Paradies, mit irdischen houris für Akeem zu verlassen. Amira hatte eine Liebe, die alle Schranken des Schweigens sprengte und weiter drang, als ein Speer reichen konnte.

Amira stieg in die Hölle hinab, und sie wagte es zu tun. Sie suchte nach Razak, und ihn lebend zu treffen, machte sie glücklich. Amira hat den Tod besiegt. Für Emily und Amira bedeutete die Stille ein Leben ohne Zwänge, ein Leben ohne Angst. Amira hatte keine

Angst, in die Hölle zu fahren und Razak zu füttern; Emily war unerschrocken, als sie das Ungeborene gegen den Willen seines biologischen Vaters beschützte. Sie reiste jenseits der Zeit, jenseits von Furcht und Hass. Emilys und Amiras Schweigen vermittelte ein Bild von unendlichem Raum und ewiger Liebe. Mama gab ihr Schweigen auf, um ihre Freiheit zu genießen, da sie die Verleumdung, die Schande, die Lüge eines Priesters nicht ertragen konnte.

Das Schweigen des Richters war vorherbestimmt, denn er glaubte an die Existenz des Teufels, vergaß aber sein Verhalten. Als er Anwalt war, drängte er eine junge Frau zur Abtreibung. Die Frau weigerte sich, und er hegte einen Groll in seinem Herzen, als ein Richter ihren Sohn an den Galgen schickte. Er entschied über den Fall noch vor der Anhörung. Er hatte Thoma Kunj bereits verurteilt, als er noch im Mutterleib war. Der Richter grübelte über die Schuld nach, die er als Anwalt hatte, weil er eine Frau zurückgewiesen hatte, der er Zweisamkeit, Gesellschaft und Glück versprochen hatte. Viele Jahre lang trug er sie mit sich herum; obwohl es ein seltener Zufall war, feierte er ihn. Er überreichte Thoma Kunj die Schlinge.

Die Stille erzeugte Schatten, und Thoma Kunj kämpfte in seiner Zelle gegen die Schatten an.

Plötzlich öffnete sich die Zellentür und wurde einen Spalt weit geöffnet. Der Superintendent, gefolgt von zwei Gefängniswärtern, einem Wächter und einem Arzt, trat ein. Es roch nach Tod, denn die Beamten und die Wärter standen aufrecht in Uniform da. Der Arzt trug einen Mufti.

Der Wärter fesselte die Hände von Thoma Kunj von hinten mit Eisen und schloss ihn ein. Er übergab den Schlüssel dem Superintendenten.

Der Arzt maß seinen Pulsschlag und seine Herzschläge und stellte den allgemeinen Zustand von Thoma Kunj fest. Innerhalb von zwei Minuten war die Untersuchung beendet. Dann nahm er das medizinische Logbuch und schrieb den Namen des Verurteilten, sein Alter, seinen Gesundheitszustand, das Datum und die Uhrzeit auf. Im nächsten Absatz schrieb er:

"Thomas Kunj, 35 Jahre, ist geeignet, gehängt zu werden". Er schrieb seinen Namen und unterschrieb mit Datum und Uhrzeit.

Der Arzt übergab das Logbuch an den Superintendenten. Dieser las die Angaben des Arztes, schrieb seinen Namen auf und unterschrieb mit Datum und Uhrzeit.

Er schrieb auch die Namen der Gefängniswärter und des Wächters auf und bat sie, mit Datum und Uhrzeit zu unterschreiben, was sie auch taten.

"Es ist vollbracht", sagte der Oberaufseher.

Die Gefängniswärter traten vor und stellten sich zu beiden Seiten von Thoma Kunj auf; der Wächter stand hinter ihm. Dann wandte sich der Superintendent zur Tür; der Arzt stand hinter ihm, und Thoma Kunj stand hinter dem Arzt. Der Superintendent ging vorwärts; es war der erste Schritt zum Galgen. Der Richter hatte die Entscheidung vor elf Jahren getroffen.

Thoma Kunj war still. Er meditierte über den Galgen.

DIE ZELLE

In der Zelle befanden sich fünf freie Männer und ein Sträfling, der dazu verurteilt war, bis zum Tod am Hals aufgehängt zu werden. Die Zelle war ein fensterloser Kerker von acht Fuß mal acht Fuß, zu klein, um alle unterzubringen. Die Lüftung, die das Dach über zwölf Fuß berührte, um frische Luft zu erhalten, war vom Boden aus wegen der Dicke der Wand nicht sichtbar. Die Wände der Zelle waren aus Granitblöcken und Zement gebaut. Es gab etwa zwanzig solcher Zellen im Gefängnis, das sich im Distrikthauptquartier befand, einer großen Stadt in Malabar an der Meeresküste.

Das Dorf von Thoma Kunj, Ayyankunnu, lag etwa fünfundfünfzig Kilometer vom Gefängnis entfernt an der Staatsstraße, die über Koottupuzha nach Mysore führt. An der nördlichen und westlichen Grenze seines Dorfes floss ein Fluss aus Coorg, in der Landessprache Kodagu, und berührte eine lebendige Stadt namens Iritty. Der Fluss mündete bei Valapattanam, einige Kilometer nördlich des Gefängnisses, in das Arabische Meer.

Da Schwimmen in seiner Jugend sein Hobby war, hatte Thama Kunj den Fluss bei vielen Gelegenheiten durchquert, sogar während des Monsuns. Andere Jungen hatten Angst oder kein Interesse, ins Wasser zu springen, wenn der Fluss angeschwollen war und die Strömung tödlich war. Als er fünfzehn Jahre alt war, griff Thoma Kunj einen großen, etwa sechs Meter langen Holzstamm, den das Wasser aus dem Wald mitgerissen hatte, und zog ihn ans Ufer - eine Herkulesaufgabe für ihn allein - und schob ihn an einen sicheren Ort. Es kam immer wieder vor, dass solche schwimmenden Hölzer gegen die Pfeiler der Eisenbrücke von Iritty stießen und deren Pfeiler beschädigten oder einen künstlichen Damm bildeten, der den Wasserfluss blockierte.

Am nächsten Tag ging ein Wachtmeister zu seinem Haus und bat Thoma Kunj, den Polizeiinspektor in seinem Büro zu treffen. Auf dem Polizeirevier angekommen, war der Beamte unhöflich und beschuldigte Thoma Kunj, das Eigentum der Forstbehörde zu stehlen. Thoma Kunj erklärte ihm, er habe nicht die Absicht, es zu stehlen; er wolle es für die Forstbehörde aufbewahren und den Holzstamm am Flussufer aufbewahren. Außerdem wolle er die Pfeiler der Brücke vor schweren Schäden schützen. Der Polizeibeamte war nicht bereit, seine Argumentation zu akzeptieren, und Thoma Kunj musste ein halbes Dutzend Mal zur Polizeiwache kommen, um den Beamten von seiner Unschuld zu überzeugen. Oft spielte die Polizei solche Spielchen, um unschuldigen Dorfbewohnern Geld abzuknöpfen. Das war seine erste Begegnung mit der Polizei.

Seit seiner Jugend hatte er gewusst, dass sein Vater von der Polizei in Karnataka zu Tode geprügelt worden war. Die Polizei von Kerala war ebenso gewalttätig und grausam.

Alle höheren Beamten in der Gefängnisabteilung waren von der Polizei. Die Beamten unterhalb des Superintendenten kamen jedoch aus dem Strafvollzug und waren speziell für den Umgang mit Häftlingen ausgebildet, die unter vielfältigen sozialen und psychischen Problemen litten. Einige Gefängniswärter hatten eine Ausbildung in Management, Sozialarbeit, klinischer Psychologie und Beratung absolviert. Diese geschulten Beamten gingen viel sanfter mit den Gefangenen um. Der Gefängniswärter der Schmiede hatte eine Ausbildung in Deutschland absolviert.

Bevor er seine letzte Berufung ablehnte, arbeitete Thoma Kunj in der Schmiede und schlief im Hauptschlafsaal, in dem etwa fünfzig Häftlinge untergebracht waren. Es gab fünf solcher Schlafsäle, und sie waren vergleichsweise lebenswerter als die Zelle.

In einer Ecke seiner Zelle befand sich eine Toilette; fließendes Wasser gab es nur für eine Stunde jeden Morgen und Abend. Zum Baden, Reinigen und Trinken gab es einen Plastikbecher, und Thoma Kunj schlief auf einer Matte, die auf dem Boden ausgebreitet war; es gab weder ein Kissen noch ein Feldbett. Der mit getrockneten Blättern von Schraubenkiefern gewebte Teppich sah rau aus, und er hatte solche Pflanzen in der Nähe von Bächen und Gewässern in Malabar gesehen. Er hatte auch gesehen, wie Frauen die Blätter der Schraubenkiefern schnitten, sie in der Sonne trockneten und daraus Matten webten. Die verschiedenen Teppiche waren für Säuglinge, Kinder und Erwachsene bestimmt; einige waren bunt und hatten abgerundete Ränder.

Thoma Kunj, Emily und Kurien schliefen in seiner Kindheit auf Matten mit einem Kissen auf dem Boden. Er erinnerte sich daran, wie seine Mutter in sein kleines Zimmer kam, mit ihm sprach und ihn jeden Tag kurz vor dem Schlafengehen mit einer leichten Decke zudeckte. Er wartete immer auf einen Abschiedskuss; er war süß und weich. Bevor sie zurückging, streichelte sie seine Stirn und sagte:

"Schlaf gut, schlaf gut, mein Kunj mon." Sie nannte ihn immer Kunj mon. Mon bedeutet in Malayalam "geliebter Sohn".

"Ich liebe dich, Mama", erwiderte Thoma Kunj ihre Liebe und küsste ihre Wangen.

Als er acht Jahre alt war, schlief er zum ersten Mal auf einem Feldbett. Es war aus Teakholz gefertigt. Das Holz wurde von George Mooken gespendet, der auf seiner Farm eine ganze Reihe riesiger Teakholzbäume besaß. Thoma Kunj sah mit Erstaunen zu, wie zwei Arbeiter das Holz mit einer Kappsäge zersägten. Die Säge war dafür ausgelegt, Holzstämme quer zur Maserung zu schneiden. Die Arbeiter nannten die Säge Arakkawal, aber George Mooken bezeichnete sie als Schrägsäge. Die Schneide jedes Zahns war abwechselnd angewinkelt, so dass jeder Zahn das Holz schneiden konnte, ähnlich wie eine Messerschneide. Thoma Kunj gefiel es, wie die Arbeiter mit der Quersäge arbeiteten, und er wollte sich ihnen anschließen. Er fasste neuen Mut und äußerte seinen

Wunsch, aber die Arbeiter runzelten die Stirn und erinnerten ihn daran, sich auf sein Studium zu konzentrieren.

Kurien rief zwei Zimmerleute, die von zu Hause aus arbeiteten und zehn Tage lang zwei Feldbetten anfertigten. Thoma Kunj sah den Zimmerleuten gerne zu, wie sie mit ihren Werkzeugen umgingen, insbesondere mit Hammer, Maßband, Winkelmaß, Anreißstift, Schraubenzieher, Meißel, Kreissäge und Bohrmaschine. Nach zwei Tagen erzählte er dem Schulleiter, dass er Schreiner werden wollte. Der Mistri lachte laut und sagte, er solle lieber Ingenieur werden. Aber Thoma Kunj bestand darauf, Schreiner zu werden, und bat sie, ihn in ihr Team aufzunehmen. Der andere Zimmermann hörte ihm aufmerksam zu und sagte zu Thoma Kunj, er könne fünf Minuten mit ihm arbeiten, und wenn ihm die Arbeit des Zimmermanns gefalle, würde er ihn als seinen Assistenten aufnehmen und ihm ein Maßband und einen Bleistift geben. Thoma Kunj war hocherfreut, wenigstens fünf Minuten lang als Zimmermann zu arbeiten. Er war begeistert, denn er schätzte die Arbeit mit seinen Händen.

Thoma Kunj schätzte den frischen Geruch von Teakholz, und die Feldbetten schienen fantastisch zu sein. Mama kaufte zwei Baumwollmatratzen mit Kopfkissen. Die Matratze lag auf dem Lattenrost des Bettes, und die Nackenrolle wurde darüber gelegt. Das Bett und die Polsterung waren wunderschön, das Liegen darauf war beruhigend. Zum ersten Mal schlief

Thoma Kunj auf einem Kinderbett. Er faltete die Matte zusammen und bewahrte sie als Andenken in seinem Zimmer auf, denn das Schlafen auf der Matte trug dazu bei, solide Muskeln zu entwickeln und erleichterte es ihm, seinen Körper entsprechend der Rauheit des Bodens zu regulieren - eine ungewollte Feinabstimmung für sein künftiges Gefängnisleben.

Die Häftlinge schliefen auf separaten Matten ohne Kissen. Im Gefängnis war ein Kissen ein Luxus, und es war verboten. Ein grober Baumwollbezug, der im Gefängnis hergestellt wurde, sollte den Körper vor Kälte und Moskitos schützen. Aber in der Zelle gab es nur eine Matte, kein Kissen und kein Laken, um den Körper zu bedecken. Während des Monsuns war die Kälte unerträglich.

In der Zelle gab es weder einen Stuhl noch eine Pritsche, so dass das stundenlange Sitzen auf dem Boden mühsam und zermürbend war. Oft erinnerte sich Thoma Kunj an den Schaukelstuhl zu Hause. Kurien hatte ein Jahr, nachdem er das Feldbett bekommen hatte, einen Schaukelstuhl aus Palisanderholz gekauft. Das Holz des Schaukelstuhls war von einem tiefen Rotbraun mit attraktiven dunklen Streifen und ineinandergreifenden Maserungen. Es war ein fabelhaftes Erlebnis, stundenlang auf dem Schaukelstuhl zu sitzen, und er saß jeden Tag darauf, wann immer er freie Zeit hatte. An seinem letzten Tag zu Hause schaukelte er auf dem Stuhl und sah die Polizisten kommen. Er war gerade aus dem Wohnheim für arbeitende Frauen zurückgekehrt.

Normalerweise hatte Thoma Kunj an allen Tagen außer sonntags viel Arbeit in der Schweinezucht. An diesem Sonntag ging er zum Frauenwohnheim, um die defekte Rohrleitung zum oberen Wassertank zu reparieren. Es handelte sich um eine geringfügige Reparatur, und eine sofortige Wiederherstellung war nicht erforderlich. Der Aufseher hätte noch einen Tag oder sogar eine Woche warten können. Ihn an einem Sonntag anzurufen war unnötig; sie hätte den Klempner bitten können, die Arbeit zu erledigen. Der Klempner des Wohnheims hätte das Wasserleck sehen können; vielleicht hätte er es auf einen anderen Tag verschoben. Thoma Kunj zweifelte an den Absichten der Herbergsleiterin, denn es war unnötig, eine unbekannte Person an einem Sonntag in ein Frauenwohnheim zu rufen, um die Arbeit zu erledigen. Er musste zwanzig Minuten mit dem Fahrrad fahren, um die Herberge zu erreichen. Er nahm den Auftrag nur an, weil George Mooken darauf bestand. Der Aufseher kannte George Mooken, da er die Herberge mit Milch, Fleisch und Eiern belieferte.

Thoma Kunj bereitete sich eine Tasse Tee zu und schlürfte sie, während er schaukelte. Bei Einbruch der Dunkelheit sah er drei Personen auf sich zukommen, und als er ihre Gesichter sah, erkannte er, dass es sich um Polizisten im Mufti handelte, einen Inspektor und zwei Constables. Es war das letzte Mal, dass er in seinem Lieblingsschaukelstuhl saß.

Das Fehlen eines Stuhles oder einer Pritsche sorgte anfangs für Unbehagen, da es in der Zelle keinen Platz zum Laufen gab. Aber Thoma Kunj trainierte jeden Morgen und Abend eine Stunde lang, um der Muskelschwäche, den Körperschmerzen, dem Herzklopfen und der Langeweile zu entkommen.

Thoma Kunj wusste nie, warum die quadratischen Zellen für die Verurteilten bestimmt waren. Einmal hatte er in einer Kaserne von einem Wärter gehört, dass es in Großbritannien üblich war, die Verurteilten in quadratischen Zellen unterzubringen, da es in solchen Zellen weniger Selbstmorde gab. Ein Grund dafür war, dass in einem Quadrat nur wenig Platz zum Laufen und Springen vorhanden war. Außerdem wirkte es beruhigender auf den Geist als jede andere Form. Gefangene in einer kreis- oder ovalförmigen Zelle entwickelten viel schneller psychische Spannungen und Halluzinationen als Sträflinge in einer quadratischen Zelle. Die Briten hatten ihre Hypothesen; einige waren noch immer Vermutungen, keine gesicherten Theorien. Als sie 1869 ein Gefängnis in Malabar bauten, versuchten sie, die Erfahrungen aus anderen Gefängnissen in Britisch-Indien, insbesondere aus Madras, zu nutzen.

Der Zellenboden wurde mit massiven Granitplatten aus den kolossalen Granithügeln der Western Ghats gepflastert. Das Haus von George Mooken war mit polierten Granitplatten aus Mysore und rohem Granit aus Coorg im Innenhof gefliest. Papa hatte halbpolierten Granit aus Madikeri gekauft.

Das britische Strafrecht verlangte, dass der Boden in der Gefängniszelle hart sein musste, wie das Leben eines Sträflings. Auf der Grundlage der moralischen Überlegungen von Jeremy Bentham schlug das Regelwerk extreme Strafen für die Sträflinge vor. Für die Rationalisten war das Verbrechen eine Entscheidung aus freiem Willen, da alle Menschen mit einem freien Willen geschaffen wurden und die Individuen auf eine Weise handelten, die das Vergnügen maximierte und den Schmerz minimierte. Das einzige Mittel zur Beseitigung von Verbrechen war die abschreckende Strafe. Dennoch war die Anwendung von Rache im Strafrechtssystem Ihrer Majestät, das von Hammurabi in Mesopotamien übernommen wurde, ausdrücklich vorgesehen, ähnlich wie "Auge um Auge und Zahn um Zahn". Anfangs wurden nur zwei Kategorien von Gefängnispersonal benötigt: der Gefängniswärter und der Henker.

Thoma Kunj hatte weder von Hammurabi noch von Bentham je etwas gehört, und doch litt er enorm unter ihrem rachsüchtigen, abschreckenden und hedonistischen Strafrechtssystem. Ein Gefangener wusste nie, dass sein Leiden auf die verrückten, rücksichtslosen Überzeugungen eines mesopotamischen Monarchen und eines englischen Utilitaristen zurückzuführen war. Die Strafrechtspflege Ihrer Majestät schenkte Millionen von Gefangenen Leid und Elend, da sie auf Hammurabis Diktat beruhte. Obwohl die Briten zögerten, den mesopotamischen Monarchen offen zu akzeptieren, machten sie sich stolz die utilitaristischen Vorstellungen des Moralisten Bentham zu eigen, dessen Obskurantismus und Unwissenheit über die sozialen, psychologischen und biologischen Vorläufer des Verbrechens Thoma Kunj in einer abgelegenen Ecke von Malabar zu schaffen machte, als das unabhängige Indien sklavisch die irrationalen Eigenarten seiner Herren von einst übernahm.

Thoma Kunj verstand nicht, warum er litt, was aus einem Vorschlag resultierte, den man das Lust-Schmerz-Prinzip nannte, und die Strafe bestand darin, dem Täter Schmerzen zuzufügen. Er hat nie absichtlich gegen das Gesetz verstoßen, um Vergnügen zu erleben; er war unschuldig. Ein Prediger, der vor zweieinhalb Jahrhunderten in England lebte, entschied über sein Schicksal. Ein Richter in Thalassery, ein brillanter Wortschmied, verurteilte ihn zum Tod am Galgen, weil er die Lehren Benthams akzeptierte, die er in einem unscheinbaren Jurastudium auswendig gelernt hatte. Auch er war ein Bewunderer des Abschreckungsprinzips und vergaß seine Eskapaden in den Vergnügungen. Der Richter konnte nicht über den Hedonismus hinaus denken; sein Denken war entsprechend geprägt. Die Gesetzesbücher ermächtigten ihn, Personen zu bestrafen, die anderen Schmerz zufügten, und der Richter war Teil eines von den Briten errichteten Systems, das keine Ahnung von menschlichem Verhalten hatte. Der Richter bestrafte Thoma Kunj nicht wegen seiner Schuld, sondern weil er das unerwünschte Kind eines jungen Anwalts war. Das Denken des Richters war geprägt von einer Frau, die sich geweigert hatte, ihr Kind abzutreiben, und Thoma Kunj war das Produkt dieser Schuld. Der Richter vergaß das Vergnügen, das er als junger Anwalt im fernen Kochi hatte, indem er dieser Frau und ihrem Kind Schmerz zufügte.

Die Zelle hatte eine Öffnung mit einem Zementrahmen, der eine Breite von zwei Fuß hatte, und die Tür war von außen angebracht, ohne Türgriff von innen; sie konnte nicht von innen geöffnet werden.

In den ersten Tagen in der Zelle malte Thoma Kunj mit seiner Fantasie Bilder von seiner Mama an die Zellenwand. Am Anfang war es nur ein Bild, aber nach und nach entstanden immer mehr, und innerhalb einer Woche füllte er die vier Wände mit dem lächelnden Gesicht seiner Mama. In der zweiten Woche waren es Bilder von Handlungen: Mama beim Kochen, Arbeiten, Fegen, Reden, Essen oder Wäsche waschen. Dann fügte er die Bilder von seinem Papa hinzu. Er kolorierte die Bilder von Mama und Papa und verwandelte sie in einen Film mit verschiedenen Titeln: Liebesgeschichten, Actionfilme, Thriller, Krimis und historische Filme. Mama spielte die Königinnen vergangener Jahre mit Krone und wallenden Königskleidern, und Papa war immer an ihrer Seite. Sie spielten nie den Bösewicht, sondern die Heldin und den Helden. Regie zu führen, zu produzieren, zu schneiden, zu veröffentlichen und seine Filme anzuschauen war zeitaufwendig; Wochen und Monate vergingen, und Thoma Kunj arbeitete unermüdlich und genoss seine Kreationen.

Er teilte die Wände in vier Bereiche und begann, Landschaften zu malen: Hügel, Flüsse, Täler, Wälder,

Wiesen, Tiere, Vögel, Ackerland, Obstbäume wie Kokosnüsse, Jackfruits, Mangos, Bananenstauden, Kaffeesträucher mit Beeren und Ananas. Er betrachtete sie mit Freude und ging tage- und wochenlang um sie herum. Er umarmte seine Bäume, sprach endlos mit ihnen und schwor sich, sie nicht zu fällen. Die Bäume waren lebendig, anmutig und stark und standen auf den Hügeln, am Flussufer, in den Tälern und an den Rändern des Graslandes. Für Thoma Kunj waren Bäume das Schönste, was es auf der Erde gab, und er konnte sich eine Erde ohne Bäume nicht vorstellen. In seiner Vorstellungswelt gab es Hunderte von Baumsorten, säulenförmige Bäume, Bäume mit offenem Kopf, weinende Bäume, hängende Bäume, fastigiate Bäume, vasenförmige Bäume und horizontale Bäume. Es gab auch laufende, springende, schlafende, lachende, tanzende und singende Bäume. Alle waren einzigartig, schön und lieblich. Alle Sorten hatten außergewöhnliche Blüten, Früchte und Samen. Er stellte fest, dass sie miteinander und mit dem Universum kommunizieren und ihre Freude, ihre Sorgen und ihren Kummer mit Erstaunen ausdrücken konnten. Die unnachahmlichen Blätter der Bäume versetzten ihn in Erstaunen; einige waren so klein wie ein Nadelkopf, andere größer als die Ohren eines Elefanten,

Wenn der Monsun kam, tanzten die Bäume im Regen; im Winter schliefen sie und hüllten sich in dicke Decken; im Sommer erschienen erwartungsvoll neue Blätter und Blüten, Früchte reiften, und sie luden Tiere und Vögel zu einem Festmahl unter ihren Schirmen und auf ihren Ästen ein. Bäume waren die selbstlosesten Wesen auf dem Planeten, und sie verschenkten ihren gesamten Reichtum, einschließlich ihrer selbst, an andere.

Als Thoma Kunj vier Jahre alt war, ahmte er seinen Papa nach und pflanzte ein paar Jackfrucht- und Mangosamen an den Ecken ihres Landes. Innerhalb von vier Jahren erschienen Blumen, und es gab eine Fülle von köstlichen Jackfruits und Mangos. Er tanzte freudig und überreichte Parvathy, der Frau von George Mooken, eine Jackfrucht und einen Korb voller Mangos. Sie umarmte Thoma Kunj liebevoll und schenkte ihm eine Wolljacke, die sie aus Bangalore mitgebracht hatte. Nachdem er die reifen Jackfruits und Mangos gekostet hatte, besuchte George Mooken Thoma Kunj, und zusammen mit ihm und Kurien ging er zu den Jackfruit- und Mangobäumen, berührte sie und brachte seine Freude zum Ausdruck. George Mooken und Parvathy waren Liebhaber von Bäumen und pflanzten auf ihrem Hof Hunderte von Baumsorten, die sie aus verschiedenen Ländern mitgebracht hatten. An diesem Tag schenkte George Mooken Thoma Kunj einen majestätischen Studiertisch und einen Stuhl; die Tischplatte war aus einem einzigen Stück Mahagoni, die Seitenleisten waren aus Teakholz, und die Schubladen und Beine waren aus Palisanderholz; die Kombination sah großartig aus. Der Stuhl war aus Palisanderholz, und Thoma Kunj schätzte beides.

Auf einer anderen Wand malte Thoma Kunj Ackerland; die winzigen Lehmhäuser, spielende Kinder und Frauen und Männer, die in den Reisfeldern arbeiteten, sahen surreal und doch friedlich aus. Es gab Schulen, Spielplätze und Klassenzimmer mit Schülern und Lehrern. In seiner Vorstellungswelt war der Planet grün und schön. Es gab keinen Schmerz, kein Leid und keine Krankheit. Seine Mama und sein Papa waren immer da.

Er malte das Haus von George Mooken und Parvathy, einer Frau, die ihren Vater und ihre wohlhabende Kaffeeplantage in Coorg verließ, um einen Mann zu heiraten, den sie liebte. Im August 1972 lief die vierundzwanzigjährige Parvathy mit dem fünfundzwanzigjährigen Mooken davon, der tagelang unter den Kaffeesträuchern auf sie wartete. George Mooken trug sie auf seinen Schultern, als er die Western Ghats von Deva Moilys Anwesen zu seinem kleinen Haus in Ayyankunnu überquerte. Er wanderte von drei Uhr morgens bis acht Uhr abends durch die Kaffeeplantagen an den östlichen Hängen des Sahyadri, den dichten Regenwald mit seinen majestätisch umherstreifenden Tieren und die Kautschuk- und Cashew-Baumplantagen am Westhang des Berges. Parvathy hatte gerade ihren MBA in Plantagenmanagement abgeschlossen.

Parvathys Vater besaß ein zweihundert Hektar großes Kaffeegrundstück mit hohen Bäumen, die mit schwarzen Pfefferreben bewachsen waren. Deva Moily, ihr Vater, war einer der reichsten Menschen in

Coorg; sein einziger Sohn, ein Oberst in der Armee, fiel im indisch-pakistanischen Krieg 1965.

George Mooken hatte einen Abschluss in Landwirtschaft und Viehzucht von einer Universität in Pant Nagar. Er hatte fünfzig Hektar Land für den Ingweranbau in Coorg gepachtet und arbeitete täglich mit den Arbeitern zusammen. Der Ingweranbau befand sich in der Nähe von Parvathys Kaffeeplantage. Bei ihrem Besuch auf den nahe gelegenen Feldern sah Parvathy einen neuen Bauern, der mit den Landarbeitern zusammenarbeitete; sie hielt ihr Auto an, ging zu dem Gebiet und begann ein Gespräch mit George Mooken. Es war ein aufschlussreiches Gespräch, und Parvathy erkannte, dass der Bauer ein gebildeter Mann voller dynamischer, praktischer Ideen über Landwirtschaft und Tierhaltung war. Sie unterhielten sich täglich und sprachen über alles Mögliche, darunter Epen, Romane, Kurzgeschichten und die menschliche Psychologie. Parvathys Bewunderung für ihren Bauernfreund kannte keine Grenzen. Der Respekt verwandelte sich in Liebe, und George Mooken erwiderte sie mit Eifer und Offenheit. Er begleitete sie zu anderen Kaffeeplantagen in Coorg, und sie kehrten noch am selben Abend zurück. Diese Ausflüge waren intensiv und aufschlussreich; sie lernten sich gegenseitig kennen, ihre Persönlichkeiten, Fähigkeiten, Kapazitäten und Schwächen. Sie tauschten Ideen und Hypothesen aus und bauten um sich herum eine Welt voller Hoffnung und Wünsche auf.

Parvathy und George Mooken verliebten sich und beschlossen, den Rest ihres Lebens gemeinsam zu verbringen. Ihren Vater zu überzeugen war unmöglich, denn er hatte viele Pläne für seine Tochter. Deva Moily, der durch die Entscheidung seiner Tochter alarmiert und verletzt war, war tagelang in Rage und wurde unnachgiebig wie die Granitblöcke auf dem Brahmagiri-Gipfel. Parvathy beschloss, mit George Mooken wegzulaufen, ohne Deva Moily zu informieren.

Thoma Kunj betrachtete sein Bild von George Mooken und Parvathy an der Wand und bewunderte ihre Hartnäckigkeit bei der Verwirklichung ihres Ziels, bis zum Tod zusammen zu sein. Auch Thoma Kunj empfand eine solche Liebe für Ambika; er dachte, dass sie ihre Leidenschaft für ihn lange am Brennen hielt. Es begann, als sie in der achten Klasse waren. Aber sie blieb viele Monate lang unausgesprochen, und wenn sie davon sprach, feierten sie es, ohne zu wissen, dass es von kurzer Dauer sein würde.

An manchen Tagen saß Thoma Kunj untätig herum, und es gab nichts zu tun. Sein aktiver Geist ruhte. Er dachte an seine elf Jahre im Gefängnis, an die Arbeit auf der Gefängnisfarm, wo er Razak kennen gelernt hatte. Dann war er in der Schreinerei, wo er verschiedene Arbeiten lernte und die Geräusche von Werkzeugen und den Duft von Holz liebte. Jedes Holz hatte einen anderen Duft, und der angenehmste Geruch war der von Teak, Rosenholz und Jackfruchtbäumen. Teakholz war wasser- und ameisenfest, hatte eine dichte Struktur und war dennoch leicht. Die meisten Möbel wurden aus Teakholz gebaut, und es war sehr gefragt. Palisander war nur selten erhältlich und als König der Bäume mit einem bräunlichen oder rötlichen Farbton und dunkleren Maserungen bekannt. Alle Schränke und Hängeschränke im Haus von George Mooken waren aus Palisanderholz, da Palisander aufgrund seiner eleganten, edlen und prächtigen Maserung nicht poliert werden musste. Palisander war hunderte von Jahren haltbar. Der Jackfruchtbaum und die Wildbuche, Anjili genannt, waren anmutig und prächtig. Sheeshamholz war selten, sah aber elegant aus.

Thoma Kunj dachte daran, eine Schreinerei zu eröffnen, falls sein Einspruch gegen die Todesstrafe erfolgreich sein sollte. Nach Verbüßung einer lebenslangen Haftstrafe würde er in sein Dorf zurückkehren; seine Schreinerei würde viele Kunden anziehen, da er die neuesten Techniken und Methoden der Holzbearbeitung erlernt hatte. Er informierte Razak, dass sie sich in Ayyankunnu oder Ponnani treffen würden, um ihren Sieg über das Gefängnisleben zu feiern und sich daran zu erinnern.

Die Einführung von Behandlung, Strafvollzug, Qualifizierung, Beschäftigung, Beratung, Sozialarbeit und Rehabilitierung von Gefangenen geht auf die französische Renaissance zurück. Forschungsergebnisse in den Bereichen Soziologie, Psychologie, menschliches Verhalten, Beratung und Sozialarbeit beeinflussten die Gefängnisbeamten, sich für das Wohlergehen der Gefangenen einzusetzen und aufzuklären. Aber kein Sozialarbeiter, Berater oder Menschenrechtsaktivist war da, um an Thoma Kunj zu denken, da er keine Eltern, Verwandten oder Freunde hatte und nicht mit Politikern verwandt war. Er war sprachlos, abgelehnt, vergessen und missbraucht wie ein kleiner Hund. Seine Schule distanzierte ihn, die Kirche quälte ihn geistig, die Gesellschaft missbrauchte ihn, und ein Richter verhängte die Todesstrafe, um eine verborgene, aber nachwirkende Schande in seinem Leben zu beseitigen. George Mooken und Parvathy blieben mit ihrer Tochter in den USA, und Thoma Kunj vermisste für immer ihre Anteilnahme und Nähe. Sie hätten ihr Anwesen in Ayyankunnu aufgeben oder Thoma Kunj für immer vergessen können, denn er war sich sicher, dass sie ihn zumindest einmal im Gefängnis besucht hätten, wenn sie von ihm gehört hätten. Aber oft trug Thoma Kunj die Bilder von Parvathy und George Mooken in seinem Bewusstsein, und es schmerzte ihn, nichts über sie zu wissen. Thoma Kunj hatte noch nie so selbstlose Menschen wie sie getroffen, sonst hätte er sie vielleicht nicht verstanden, denn Parvathy und George Mooken blieben in seinem Herzen ein Geheimnis.

Thoma Kunj lernte, dass es so etwas wie Aufrichtigkeit und Engagement nicht gab; die Menschen suchten nach ihren Belohnungen, Vergnügungen und Vorteilen. Die Menschen waren egoistisch. Ein gieriger Anwalt schwängerte Emily und verhängte die Todesstrafe gegen ihren Sohn, als er Richter wurde. Die egozentrische Herbergsleiterin bewahrte den Sohn eines Politikers vor Schande; sie wollte die Zukunft eines jungen Mannes schützen, eines MLA, MP, Ministers, Gouverneurs, Präsidenten, Premierministers des Landes oder sogar eines Richters. Thoma Kunj war nur ein Arbeiter, ein unbekannter Mann, der in einem Schweinestall arbeitete, jemand, der Schweine kastrierte, damit sie schnell wuchsen und George Mooken mehr Geld einbrachte.

Die Liebe war nur ein Wort ohne Bedeutung, ihr Nachhall schien endlos, aber mit einem plötzlichen Ruck verschwand sie wie die Seiltricks eines Zauberers. Die Menschen liebten es, ihre Liebe zu töten, hassten sie später, dachten endlos darüber nach, sie zu beseitigen, und schmiedeten komplexe Pläne, um die Liebe zu beseitigen, die sie einst am Herzen trugen, und hielten den Hass tagelang, monate- und jahrelang in Ehren. Die Liebe brachte Schmerz, Qualen, Elend, Verruf und Konflikte mit sich, da sie von der Person Besitz ergriff, die der Mensch liebte. In der Liebe gab es keine Freiheit; Besitz war ihr letztes Zeichen. Akeem liebte seine Konkubinen und zahlte einen Sack voll Geld, um sie zu besitzen, aber er zögerte nicht, sie zu enthaupten, wenn er sie hasste. Abraham wollte seinen einzigen Sohn Isaak opfern, um seinem Gott zu gefallen, und Gott wollte das Blut der Menschen bekommen, nachdem er sie mit Liebe erschaffen hatte. Diejenigen, die sich weigerten, ihn zu befriedigen, warf er in die ewige Hölle. Die Liebe war ein Mythos, wie ein Gott.

Thoma Kunj war allein auf dieser Welt, wie der kastrierte Razak oder ein verwundetes Bisonbaby. Ein Raubtier konnte ihn leicht entdecken und sich auf ihn stürzen. Er war unbegleitet, wie ein verstoßenes Kalb, das von einer einzigen Mutter geboren wurde.

Er kastrierte Schweine; es gab niemanden, der die Ferkel vor seinem Messer schützen konnte, und er erhielt ein Einkommen dafür, dass er sie kastrierte. Akeem musste Razak kastrieren lassen, denn nur ein kastrierter Razak konnte ein Kellner für seine Konkubinen sein. Er brachte Razak dazu, bei ihm zu bleiben, und Razak hatte keine andere Wahl; er wusste nichts von Akeem und seiner Mashrabiya. Razak hatte keine Freiheit; er war allein in Arabien, wie ein verletztes Kamelbaby inmitten der endlosen Wüste. Razak musste seine Männlichkeit verlieren, um zu überleben, und Akeem wusste, dass Razaks Schwachstelle seine Hoden waren. Gott hatte überlegene Hoden, um ein Gott zu sein, die er sich weigerte, den Menschen zu geben; andernfalls hätten die Menschen Gott kastriert. Er lockte Akeem und Millionen anderer Menschen weltweit mit Houris und Wein, damit sie ins Paradies kamen, um ihn zu preisen.

Der Barmherzige hasste Houris, also schuf er sie ohne Hoden. Ohne Houris wäre niemand ins Paradies gekommen, und es gab niemanden, der den Allmächtigen lobte. Ohne Houris gab es keinen Himmel.

Auf die andere Wand malte Thoma Kunj den Gott Abrahams, Moses, Isaaks und Jakobs, aber er hasste

Gott. Er schmähte den Gott Jesu, den Gott des Pfarrers, der ein Bestechungsgeld verlangte, um Mama als Kehrerin in einer kirchlichen Schule einzustellen, deren Gehalt die Regierung bezahlte. In seiner Predigt an einem Sonntag nannte der Pfarrer Mama eine "veshya", und Thoma Kunj verabscheute den Gott des Pfarrers, indem er einen Pfarrer mit Hoden schuf. Seine Abscheu vor Gott wurde unendlich groß, als der Vikar sich weigerte, Mama auf dem Kirchenfriedhof zu begraben. George Mooken bestach den Vikar und bot ihm ein Stückchen Moor auf demselben Friedhof an, auf dem sie Papa begraben hatten.

Auf den Gemälden sahen Gott und der Pfarrer ähnlich aus. Dann malte Thoma Kunj die Hölle mit Luzifer, und er sah aus wie Gott; er war Gott.

Die Zelle war eine Miniaturhölle, und die Schlinge befand sich am Eingang der Hölle.

Der Gang von der Zelle zur Schlinge war schmal, mit hohen Mauern auf beiden Seiten. Viele gingen hindurch, die Hände auf dem Rücken gefesselt. Sie wurden zum Galgen geführt, um die Wünsche eines Richters zu erfüllen, denn alle Entscheidungen keimten als Wünsche auf. Thoma Kunj war noch nicht durch diesen Gang gegangen, und wenn er ihn durchschritt, würde es seine letzte Reise sein. Niemand, nicht einmal ein Richter, konnte ihn bestrafen, nachdem der Henker die Schlinge mit einem Knoten über seiner Speiseröhre versteift hatte, als er über alle Strafen hinausreichte. Niemand konnte ihn rächen oder abschrecken, und er würde zum ersten Mal ein freier Mann sein. Niemand war frei in dieser Welt, denn jeder trug die Last des Daseins. Thoma Kunj hatte seine Mutter nicht darum gebeten, ihn zu erschaffen. Nachdem er geboren war, wusste er, dass er geschaffen war. Die menschliche Freiheit war ein Mythos, eine von Moralisten erdachte Fabel, und sie flößten dieses Märchen allen ein, mit einem falschen Ego, das ihre Wünsche und Halluzinationen verstärkte. Sie übertrugen es auf andere, die Außenseiter, die Unterdrückten, die Unterjochten und die Machtlosen. Die Todesstrafe steigerte das Selbstwertgefühl einiger weniger, und sie predigten stundenlang über ihre Folgen, um ihr Selbstwertgefühl zu steigern. Thoma Kunj versuchte nicht, seine Stimmung zu heben, denn er wusste, wer er war: Er arbeitete in einem Schweinestall, und jeder wusste es. Seine Mutter war Kehrerin, sein Vater arbeitete im Schweinestall, und er trat in die Fußstapfen seines Vaters.

Auf die letzte Wand malte er Schweine. Sie sahen lieblich aus mit halbgeöffneten Augen, die nie den Himmel, die Sonne, den Mond und die Sterne ansahen. Alles war verborgen, und die Schweine konnten sie nicht sehen; für sie existierten sie nicht. Etwas existierte nur, wenn jemand es kannte. Die Schweine hatten keinen Gott; alle Götter hassten die Wildschweine, und die Schweine weigerten sich, einen Gott zu akzeptieren. Für sie existierte Gott nicht. Thoma Kunj zeichnete sein Gesicht unter die Schweine, und es sah aus wie ein Schwein, und er war glücklich.

Am sechsten Tag schuf Gott Adam als sein Ebenbild, und er war glücklich. Thoma Kunj war der neue Adam.

Thoma Kunj freute sich, schöne Ferkel zu malen, ihre Mütter und ihre Väter. Sie quietschten und sprangen vor Freude auf und ab, weil ihre Mütter und Väter sich freuten, weil sie frei waren. Im Schweinestall von George Mooken wurden die Ferkel kastriert, wenn sie zwei bis drei Wochen alt waren, und jeden Monat gab es etwa zwanzig Ferkel zum Kastrieren. Es gab zwei Eber für etwa vierzig Sauen und etwa vierhundert Ferkel pro Jahr. Die Trächtigkeit einer gut genährten Sau dauerte drei Monate und drei Tage, und aus jeder Trächtigkeit gingen acht bis zwölf Ferkel hervor.

Das Leben eines Schweins endete im Schlachthof, was seine letzte Leistung oder Belohnung war. Aber Wildschweine begingen nie ein Verbrechen und gehorchten ihrem Herrn, so wie Razak Akeem gehorchte und die ägyptische Doxy sich Akeem unterordnete. Dennoch köpfte Akeem sie, und Padachon stellte ihn nicht in Frage.

Im Schweinestall von Thoma Kunj an der Mauer gab es keinen Schlachthof, und die Schweine feierten ihre Freiheit. Sie sangen und tanzten nicht wie die Eliten. Sie drückten ihre Freude über die Begegnung mit anderen aus, indem sie sich gegenseitig mit ihren pausbäckigen Gesichtern berührten und ihre Zuneigung bekundeten. Thoma Kunj, der die Intimität dieses exklusiven Festes zu schätzen wusste, gesellte sich zu ihnen und bat sie um Verzeihung, dass er sie kastriert hatte. Er wusste, dass er etwas Schreckliches getan hatte, etwas Inakzeptables, das einzige Verbrechen, das er begangen hatte. Aber die Ferkel waren nicht rachsüchtig; sie verhängten keine abschreckende Strafe gegen ihn. Er flehte sie an, ihn nicht zu verlassen, und sie feierten seine Gesellschaft mit Grunzen.

Die Schweine schnaubten und liefen umher und berührten Thoma Kunj, weil sie froh waren, dass es keine Guillotine gab, die ihnen die Köpfe abgeschlagen hätte, und Thoma Kunj war begeistert, weil es keine Galgen gab. Es gab keine Angst, keine erniedrigenden Kommentare, und seine Schweine auf der Mauer waren aufgeregt, und zur Kommunikation benutzten sie Körpersprache und verschiedene Grunzer. Es gab leises und lautes Grunzen; jedes hatte eine andere Bedeutung als Zeichen der Vorfreude auf Futter oder angenehme Gesellschaft. Ein raues Husten zeigte, dass das Schwein verärgert oder wütend war, und Tränen wurden gemurmelt, wenn ein Schwein traurig war oder trauerte.

Als der Schweinestall in Betrieb genommen wurde, tanzte George Mooken mit den Ferkeln und nahm sie auf seine Schultern, wobei ihre Beine vor seinem Nacken hervorlugten, während er Parvathy trug. Es war im August 1972, und es regnete stark. Er legte sie sich um den Hals, ging von ihrer Kaffeeplantage weg und stieg die Western Ghats hinauf zu seinem Dorf, etwa dreißig Kilometer. George Mooken war ein quirliger junger Mann, der in Coorg Ingwer anbaute; da das Klima dort besser geeignet war, übertraf das

Produkt das seines Dorfes in Ayyankunnu bei weitem. Seine Eltern wanderten 1947 aus Pala aus, und George wurde im selben Jahr geboren. Er hatte keine Geschwister, und seine Eltern starben an Malaria, als George in der zehnten Klasse war.

Parvathys Vater, Deva Moily, war dagegen, dass seine Tochter einen Mann aus einem anderen Bundesstaat und einen Nicht-Koorgi heiratete, der einer anderen Religion angehörte und eine andere Sprache sprach. Er wollte, dass Parvathy sein florierendes Kaffeegut übernimmt, das jedes Jahr Millionen von Rupien an Kaffeebohnen an internationale Kaffeeunternehmen verkauft. Nach dem Tod seines Sohnes war Deva Moily deprimiert und warnte Parvathy, dass er sie erschießen würde, wenn sie es wagte, die Lakshman Rekha, die klare Regel, zu überschreiten. Wie sein Vater und sein Großvater war auch Deva Moily, ein Oberstleutnant, während des Zweiten Weltkriegs unter den Briten in der Armee. Er kämpfte in Birma gegen die Japaner, verlor sein rechtes Bein und verbrachte sechs Monate in einem Militärhospital in Kalkutta, bevor er nach Coorg zurückkehrte und sein Kaffeegut gründete. Er besaß viele Gewehre, und die Jagd auf Wildschweine war sein Hobby.

Mooken versteckte sich vier Tage lang auf der Kaffeeplantage, und am letzten Tag sprang er gegen drei Uhr morgens über die Mauer des Moily-Anwesens. Wie Parvathy gesagt hatte, dösten die Wachen am Außentor; sie waren betäubt. Er ging durch einen langen Fußweg innerhalb des Gartens und wusste, dass auch die Wachen, die um das Haus herumgingen, betäubt sein würden. Es gab ein Nebengebäude, dessen Tür von innen nicht verschlossen war, und Mooken betrat das Gebäude ohne Lärm. Ein weiterer Korridor verband es mit dem Hauptgebäude.

Die Hunde schliefen tief und fest, ebenso wie Deva Moily und die Dienerschaft.

George Mooken betrat das Herrenhaus; Parvathy erwartete ihn am Eingang ihres Schlafzimmers. Ihre Beine waren gefesselt, und sie konnte nur mit kurzen Schritten gehen. Mooken hob sie hoch und legte sie sich um den Hals wie ein großes Ferkel. Parvathy hatte etwas Essen und Wasser in ihrem Rucksack.

Es war schwierig, über die Mauer des Geländes zu springen; es dauerte mehr als eine halbe Stunde, um sie zu überwinden. Dann schlenderte Mooken durch die Kaffeeplantage in Richtung Wald. Es war bereits vier Uhr dreißig, als sie die Felsen unterhalb der Hügel erreichten, etwa drei Kilometer von Deva Moilys Anwesen entfernt. Nachdem sie sich hinter den Felsen ausgeruht hatten, nahm Mooken die Kettensäge aus seinem Rucksack, um das Eisen um Parvathys Knöchel zu zerschneiden. Aber es war zu hart, um es zu brechen.

Innerhalb von zehn Minuten begannen sie zu klettern, Parvathy auf seinen Schultern; es gab steile Hügel mit immergrünen Büschen, und nach einer Stunde erschien ein dichter Wald. Mooken wählte nicht den Trampelpfad der Jäger, die sich hier und da versteckten, um Wildschweine und Bisons zu erlegen. Der Aufstieg war anspruchsvoll, und Parvathy bewahrte ein tiefes Schweigen. George Mooken blieb nicht stehen und kletterte, hielt sich an spindeldürren Bäumen fest und versteckte sich hinter großen. Von den Felsbrocken aus musste er etwa sechs Kilometer klettern und etwa acht Kilometer absteigen, um die Grenze zu Kerala zu erreichen, und von dort etwa vier Kilometer nach Attayoli und dann vier Kilometer zu seinem Haus im Dorf. Nach einer Stunde spürte er die ersten Sonnenstrahlen hinter sich, nach einer weiteren Stunde kletterte er weiter. Sie rasteten zwischen einem Felsen und einem massiven Baum, während Parvathy ihren Rucksack öffnete.

Zum Frühstück gab es Akki Otti, ein ungesäuertes Fladenbrot aus gekochtem Reis mit Reismehl, Krabben, zartes Bambussprossencurry, gebackene Monsunpilze und gebratenes Schweinefleisch. Die Wasserflasche in ihrer Tasche löschte ihren Durst. Um sieben Uhr brachen sie wieder auf, Parvathy auf dem Rücken von George Mooken. Um halb neun sahen sie einen einsamen Elefanten in der Nähe des Bambuswachstums, etwa hundert Meter von ihnen entfernt, und sie versteckten sich hinter einem Baum. Nach etwa einer halben Stunde kletterte der Elefant in Richtung eines Baches, und Mooken nahm seinen Weg wieder auf. Nach einer Stunde trafen sie auf eine Gruppe von Bisons mit Kälbern, die etwas vor ihnen ihren Weg kreuzten. Erneut hielten sie an und lehnten sich an einen Baum. Nach einer Weile hörten sie ein Geräusch.

"Da sind Jäger", murmelte Parvathy in sein Ohr.

"Ich kann sie sehen", sagte George Mooken.

Sie jagten eine Rotte Wildschweine und schrien, vier Männer und eine Frau, und alle hatten Gewehre.

"Die Jagd auf Wildschweine ist in Coorg üblich; Männer und Frauen gehen auf die Jagd. Die ganze Nacht sind sie in den Büschen und im Wald unterwegs", sagte Parvathy leise.

"Schweinefleisch von Wildschweinen ist lecker", sagte George.

"Ich habe welches im Rucksack", flüsterte Parvathy.

Als die Jäger weit weg waren, begannen sie zu klettern. Als sie den Gipfel erreichten, keuchte George schon. Es war 23:20 Uhr. Sie ruhten sich eine Weile aus und tranken Wasser. Parvathy hatte Bananenchips in ihrer Tasche, und sie knabberten eine Weile daran.

Der Abstieg war anstrengender als der Aufstieg, da George das Gleichgewicht halten musste. Manchmal war es ein Segen, Parvathy auf den Schultern zu haben, um das Gleichgewicht zu halten. Es gab mehr Bäume, Bambusgewächse und Bäche. An den Westhängen des Berges gab es mehr große Tiere, weil es dort mehr regnete und die Vegetation dichter war, und Elefanten in Gruppen mit Jungtieren bevorzugten diese Umgebung. Ein Schwarzbär tauchte gefährlich nahe bei ihnen auf, und Mooken zog seinen Revolver aus dem Gürtel.

Gegen ein Uhr nachmittags rasteten sie zwischen zwei massiven Felsen. Parvathy hatte mehrere kleine Päckchen in ihrem Rucksack, gedämpfte Reisbällchen, Wildschwein-Schweinefleisch namens Pandi Curry, gekochte dünne Reisfäden, bekannt als Noolputtu, und gebratenes Huhn. Nach etwa zwanzig Minuten kletterten sie wieder durch den Regenwald hinunter, und unterwegs sahen sie eine große Anzahl von Antilopen, Nilgai genannt, und gefleckte Hirsche, Chital oder Pulliman genannt. Parvathy flüsterte, sie befänden sich am nördlichen Rand des Nagarhole-Nationalparks, eines Tigerreservats.

Der Wald war voller Vögel und Tiere, darunter graue Languren, Tiger, Faultiere und Elefanten, und George Mooken schlenderte vorsichtig. Parvathy blieb auf seinem Rücken und bewahrte sorgfältig ihre Haltung. Mooken begann, mit einer Bambusstange abzusteigen, da es über weite Strecken gefährlich steil war. Gegen vier Uhr abends erreichten sie die Grenze zu Kerala und mindestens eine Stunde Fußmarsch nach Attayoli, der ersten Siedlung der Bauern. Der Wald war so dicht, dass es unmöglich war, die Sonne zu sehen, aber George Mooken ahnte es. Nach einer halben Stunde erreichten sie das Buschland mit Pythons, Kobras, Mungos und Pfauen; plötzlich konnten sie die Sonne genau vor sich sehen, knapp über dem westlichen Horizont.

Attayoli war wundervoll. In etwa drei Kilometern Entfernung leuchteten die Kirchtürme in der Sonne, und die Aussicht war überwältigend. Überall grünte es zwischen Häusern, Schulen, Krankenhäusern, Kirchen, Tempeln und Moscheen. In etwa fünfundsechzig Kilometern Entfernung tauchte das Arabische Meer im blauen Nebel auf.

Die Sonne begann, im Meer zu versinken, und überall herrschte Dunkelheit. George Mooken wählte einen schmalen Weg, um den Bauern auszuweichen, die vom Basar in Angadikadavu zurückkehrten.

"Paru, siehst du, unser Haus liegt etwa fünfhundert Meter westlich der Kirche", sagte Mooken, während er weiterging.

"Ich kann die Kirche sehen", sagte Parvathy. "Wie lange wird es von hier aus dauern?"

"Wir werden in vierzig Minuten zu Hause sein", antwortete Mooken.

Sie rasteten eine Weile in einer großen Cashew-Plantage, und dann ging Mooken zügig weiter. Er war bestrebt, nach Hause zu kommen, ohne sie in der Öffentlichkeit zu zeigen. Sie erreichten eine Kautschukplantage ohne Gestrüpp, und der Weg wurde leicht. Die Kokosnussplantage an der Seite der Kirche war leicht sumpfig. Dunkelheit breitete sich überall aus, wie die Monsunwolken in der Kaffeeplantage. Parvathy zündete ihre Taschenlampe an, und Mooken konnte sehen, wohin er seinen nächsten Schritt setzen sollte. Als sie zu Hause ankamen, war es etwa acht Uhr fünfzehn.

"Paru, wir sind zu Hause", sagte George aufgeregt. Sein tiefes Herzklopfen war sichtbar.

"George", rief Parvathy und umarmte ihn.

"Danke, mein Lieber, dass du mit mir gekommen bist. Wir haben unser gemeinsames Leben bereits begonnen. Ich liebe dich für dein Vertrauen", sagte Mooken und küsste ihre Wangen.

"Lass mich dir für deine Liebe danken; du bist etwa dreißig Kilometer bergauf auf den Western Ghats gegangen, durch schwieriges Gelände und inmitten gefährlicher wilder Tiere. Wir werden uns bis zu unserem Tod an diesen Tag erinnern und unseren Kindern sagen, dass sie diesen Tag im Gedenken an unsere Liebe feiern sollen", sagte Parvathi.

"Ja, mein Paru. Gemeinsam haben wir es bezwungen; kühl werden wir weitergehen", antwortete Mooken.

Er führte Parvathi hinein und schnitt mit einer elektrischen Säge die Kette von beiden Knöcheln ab.

"Wir wollen sie als Erinnerung an die Fesseln behalten, die wir auf uns genommen haben, an den Kampf, den wir ausgehalten haben, an unsere Entschlossenheit, sie zu brechen, an unser Vertrauen ineinander und an unsere ewige Liebe", sagte Parvathy und nahm die zerbrochenen Eisenstücke an sich.

Es war ein kleines Haus mit zwei Schlafzimmern, einem großen Wohnzimmer und einer Küche mit angeschlossenem Speisesaal. Sie kochten gemeinsam das Abendessen.

Paru und George sprachen am nächsten Tag über ihre Hochzeit, und Mooken sagte, er bevorzuge eine Hindu-Hochzeit.

"George, ich möchte in der Kirche heiraten; lass uns mit dem Pfarrer sprechen und einen Termin vereinbaren", äußerte Parvathy ihren Wunsch.

"Paru, dein Glück ist auch meines", sagte Mooken und umarmte Parvathy.

Am Abend gingen sie in die Kirche, sprachen mit dem Pfarrer und legten die Hochzeit für den nächsten Tag fest. Mooken lud zehn seiner unmittelbaren Nachbarn für die Zeremonie und die Feier ein.

Parvathy trug einen Saree aus Mysore-Seide und George seinen grauen Anzug mit einer roten Krawatte. Die Zeremonie war einfach, und das Fest fand in ihrem Haus statt.

Abends gegen vier Uhr ertönte plötzlich ein lautes Geräusch im Hof ihres Hauses. Etwa zehn Jeeps und etwa fünfundsiebzig Männer sprangen aus ihnen heraus und umkreisten das Haus wie ein Rudel Bergwölfe, die einen Bison umzingeln. Alle hatten Gewehre in der Hand.

Dann betrat Deva Moily mit einem Revolver das Wohnzimmer. "Parvathy!", donnerte er. Es war wie das Brüllen eines verwundeten Tigers im Zoo von Mysore.

"Töte mich anstelle meiner Parvathy", flehte George und warf sich vor Moily nieder.

Moily trat ihm mit seinen Stiefeln ins Gesicht.

"Du Schurke, wie kannst du es wagen, mir meine Tochter zu stehlen?", brüllte Moily und richtete seine Waffe auf Mooken.

"Papa, bitte verzeih mir!" Es war Parvathy, die vor ihrem Vater kniete. Sie legte ihre Hände um seine Beine und stöhnte.

Moily stand still. Parvathy trug ihren Mysore-Seidensaré, und Moily erinnerte sich an Sobhana, seine Frau, die immer einen Seidensaré trug und vor fünf Jahren nach einem Bärenangriff gestorben war.

"Sobhana", rief Moily und warf seinen Revolver. Er hob seine Tochter an ihren Schultern hoch und umarmte sie. "Parvathy, ich könnte das nie tun", sagte Moily und weinte wie ein Kind.

"Schick alle deine Kinder nach Coorg, sobald sie zwei Jahre alt sind. Sie werden unter meiner Obhut aufwachsen; ich werde sie in den besten Schulen und Colleges in Mysore und Bangalore ausbilden. Sie gehören nicht dir, sondern mir allein. Sie werden meinen Reichtum erben. Unter diesen Bedingungen verschone ich das Leben dieses Mannes", brüllte Moily und richtete die Waffe auf Mooken.

"Ja, Papa, ich bin einverstanden", sagte Parvathy.

"Du bist auf dem Anwesen willkommen, aber dieser Mann sollte nie wieder einen Fuß dorthin setzen. Das ist ein Befehl", sagte Moily und marschierte weiter.

"In diesem Fall werde ich nie dorthin gehen", antwortete Parvathy.

Parvathy und George Mooken feierten ihre Freiheit in der Stille ihres Hauses. Sie plante akribisch und führte lange Gespräche mit ihrem Mann.

Sie pflanzten auf zehn Hektar ertragreichere Gummisorten, auf fünfzehn Hektar Cashewbäume an den Hängen und auf fünf Hektar Kokospalmen. Es gab eine Vielzahl von Mango-, Jackfruit- und anderen Obstbäumen. Der am Flussufer errichtete Rinderstall war der modernste, mit fünf Jersey-Rindern aus Munnar, drei braunen Sahiwal-Rindern aus Südkanara und zwei Haryanvi-Büffeln. Die Ziegen aus Kutch, Rajasthan und UP vermehrten sich alle sechs Monate, und die Geflügelfarm florierte.

Neben dem Stall wurde ein drei Hektar großes Grundstück für einen Schweinestall reserviert.

Jedes Jahr verbrachten George Mooken und Parvathi einen Monat ihrer Ferien im Ausland, und innerhalb von fünfzehn Jahren hatten sie alle Länder Europas und Amerikas besucht. Mookens Interesse galt während seiner Besuche der Tierhaltung und der Landwirtschaft. Parvathy sammelte Baumsamen aus Skandinavien, Ost- und Westeuropa, Kanada, den USA und lateinamerikanischen Ländern, um sie auf ihrer Farm in Ayyankunnu anzupflanzen.

Innerhalb eines Jahres nach der Heirat wurde ein Kind geboren, das Parvathy und George Anupriya nannten. An ihrem dritten Geburtstag schickte Deva Moily zwei Krankenschwestern und zwei Wachmänner nach Ayyankunnu, um das Kind abzuholen. Die Eltern weinten bitterlich, mussten das Baby aber zu ihrem

Großvater schicken. Anupriya wuchs in Coorg auf und spielte auf dem Hof von Deva Moily. Sie vergaß ihre Eltern völlig und lernte das örtliche Kodagu, Kannada und Englisch fließend, ohne ein einziges Wort in Malayalam zu kennen. Anupriya besuchte die besten Schulen in Mysore, wo der Unterricht in Kannada und Englisch stattfand. Parvathy und George Mooken hatten nie die Gelegenheit, mit ihrer Tochter zu sprechen. Sie fuhren regelmäßig nach Mysore und standen vor dem Tor von Anupriyas Schule, um einen Blick auf ihre Tochter zu werfen. Aber für Anupriya waren ihre Eltern Fremde.

Innerhalb von zehn Jahren nach ihrer Heirat bauten Parvathy und George ein neues Haus, ein Herrenhaus.

Fünfzehn Jahre nach der Geburt von Anupriya bekamen Parvathy und George Mooken ein weiteres Kind namens Anupama. Am dritten Geburtstag von Anupama kam ein Jeep aus Coorg mit zwei Krankenschwestern und zwei Sicherheitsleuten. Parvathy und George Mooken weinten laut und rannten dem Jeep ein paar Kilometer hinterher. Anupama weinte tagelang im Haus ihres Großvaters und weigerte sich zu essen.

Anupama wurde innerhalb einer Woche nach Ayyankunnu zu ihren Eltern zurückgeschickt. Am achten Tag landeten die Krankenschwestern und Wächter erneut und brachten Anupama zu ihrem Großvater. Obwohl Anupama nicht mehr weinte, litt sie zwei Wochen lang unter Fieber und Husten. Erneut wurde sie zu Parvathy zurückgeschickt, und nach fünfzehn Tagen kamen die Krankenschwestern und Wächter, um sie abzuholen. Beim dritten Mal blieb Anupama drei Monate lang bei ihrem Großvater, aber sie war launisch, einsam und traurig. Sie weigerte sich, Teil der Familie Moily zu sein. Anupama wurde zurück nach Ayyankunnu geschickt und blieb bis zu ihrem nächsten Geburtstag bei ihren Eltern. An ihrem vierten Geburtstag erschienen erneut die Krankenschwestern und Wächter. Obwohl sie sich dagegen sträubte, musste Anupama mit dem Gefolge mitgehen. Bald wurde sie in einem Kindergarten in der Nähe des Anwesens aufgenommen, und Deva Moily begleitete sie jeden Tag und blieb bei ihr, bis der Unterricht zu Ende war.

Nachdem Anupriya ihren MBA in Kaffeeplantagenmanagement abgeschlossen hatte, trat sie als Geschäftsführerin in die Kaffeeplantage ihres Großvaters ein. Innerhalb von fünf Jahren vergrößerte sie die Kaffeeplantage um weitere dreihundert Hektar. Sie erwarb Anteile an Kaffeeplantagen in verschiedenen Teilen von Coorg, bildete ein Konsortium mit gleichgesinnten Kaffeeplantagenbesitzern und unterzeichnete einen Vertrag mit einem Schweizer Unternehmen über die Lieferung von ausreichend Kaffeesaatgut für dessen Anlage zur Zerkleinerung von Kaffeebohnen in Coorg. Ihr Großvater war stolz auf Anupriya und sagte ihr oft, sie sei genauso schön und intelligent wie ihre Großmutter.

Während ihrer Schulzeit besuchte Anupama ihre Eltern einmal im Monat und lernte neben Kodagu, Kannada und Englisch auch Lesen und Schreiben in Malayalam. Sie ging mit ihnen in die Kirche, trat dem Chor bei und besuchte in der Weihnachtszeit viele Familien mit Sternsingern. Anupama besuchte die Schule in Mysore und blieb an den Wochenenden bei ihren Eltern, nachdem sie nach Ayyankunnu gefahren war. Sie liebte ihre Eltern und war am liebsten immer bei ihnen.

Eines Abends tauchte Anupriya plötzlich in Ayyankunnu auf. Sie war zum ersten Mal da, und es fiel Parvathy und George Mooken schwer, sie zu erkennen, da sie noch nie Gelegenheit gehabt hatten, mit ihr zu sprechen. Anupriya erzählte Parvathy, dass ihr Großvater ihre Heirat arrangiert hatte und dass der Bräutigam ein Offizier der Armee war. Ihr Großvater erzählte ihr zum ersten Mal, dass ihre Mutter mit ihrem Mann in einer abgelegenen Ecke von Malabar lebte. Und Anupriya war dort, um ihre Mutter einzuladen, an der Hochzeit teilzunehmen.

"Dein Vater ist auch hier, ich bin nicht allein", sagte Parvathy zu Anupriya.

"Wie konntest du mit so einem Mistkerl weglaufen?", schrie Anupriya.

"Wie kannst du es wagen, deinen Vater zu beschimpfen, du verdammte Schlampe!" brüllte Parvathy und schlug Anupriya ins Gesicht.

Blut sickerte aus ihrem Mund.

"Er ist dein Vater. Ohne ihn wärst du nicht geboren worden; verschwinde aus meinem Haus und komm nie wieder zurück", brüllte Parvathy und scheuchte Anupriya fort.

Nach dem Abschluss der Oberschule besuchte Anupama das IIT Madras und besuchte in den Ferien zusammen mit ihren Eltern viele Länder und berühmte Universitäten.

Anupama und Anupriya waren sich fremd und sprachen nie miteinander, obwohl ihr Großvater sein Bestes tat, um sie zu Freunden zu machen.

Nach ihrem Abschluss ging Anupama in die USA und besuchte eine Ivy-League-Universität, um dort ein Postgraduiertenstudium in künstlicher Intelligenz zu absolvieren. Innerhalb von zwei Jahren schrieb sie sich an einer Universität in Kalifornien für einen Doktortitel in Mikrosystemtechnik ein. Parvathy und George Mooken besuchten ihre Tochter alle sechs Monate, und Anupama schätzte ihre Gesellschaft. Als sie eine Stelle in einem bekannten Unternehmen bekam, lud Anupama ihre Eltern ein, in die USA zu ziehen und bei ihr zu bleiben, und für Parvathy und George Mooken war die Einladung verlockend. Schon bald gründete Anupama ihr Start-up, das sich zu einem äußerst erfolgreichen Unternehmen mit Niederlassungen in vielen Ländern entwickelte. Parvathy und George Mooken beschlossen, in die USA zu gehen, um ihren Lebensabend mit ihrer Tochter zu verbringen. Sie baten Thoma Kunj, sich in ihrer Abwesenheit oder bis zu ihrer Rückkehr um ihr

Anwesen zu kümmern, und informierten alle Mitarbeiter über ihre Entscheidung.

Thoma Kunj betrachtete das Bild von Parvathy an seiner Wand mit Erstaunen. Sie war mutig und in allen Momenten ihres Lebens zutiefst verliebt in ihren Mann. George Mooken war ein glücklicher Mann; er ging durch die Hölle und trug sie wie einen Edelstein auf seinen Schultern in sein Haus. Er ließ sie nicht gehen und blickte nie zurück. Aber Orpheus hatte nicht so viel Glück; er ging in die Unterwelt, um seine geliebte Frau Eurydike in die Welt der Lebenden zurückzubringen. Hades willigte unter der Bedingung ein, dass Eurydike beim Verlassen der Unterwelt hinter ihm hergehen musste, und Orpheus durfte sich nicht umdrehen, um sie anzusehen, bis sie das letzte Tor durchschritten hatten. Kaum war Orpheus aus dem äußeren Tor getreten, drehte er sich um und blickte in das Gesicht von Eurydike. Doch leider hatte sie die Grenze zum Totenreich noch nicht überschritten; sie verschwand im ewigen Tod.

George Mooken war weise, trug seine Geliebte und brauchte nicht zurückzublicken. Parvathy war immer bei ihm als ein Körper und ein Geist.

Aber Thoma Kunj war nicht weise, denn er wählte das Schweigen und weigerte sich, sich zu verteidigen. Er trug die Verbrechen anderer auf seinen Schultern. Am Ende des Abgrunds wartete die Schlinge auf ihn.

Der Superintendent war bereits aus der Zelle getreten. Thoma Kunj folgte ihm mit den Kerkermeistern zu

beiden Seiten, die Wache hinter ihm; die Parade
begann.

DIE PARADE

Die Parade betrat einen langen Korridor, der bis zum Galgen reichte. Es gab zwei solcher Zugänge, einen für den Verurteilten, der gehängt werden sollte, und den anderen für Würdenträger, den Bezirksrichter oder einen von der Regierung ernannten Bürokraten, der der Hinrichtung beiwohnte, um zu überprüfen und der Regierung zu berichten, dass der richtige Gefangene die Todesstrafe erhielt. Der Weg sah ähnlich aus, aber der Zweck war unterschiedlich, aber nicht unverständlich. Die Honoratioren stammten aus unterschiedlichen Kreisen und erließen Gesetze, die sie schützten, indem sie vermeintliche Bedrohungen ausschalteten. Sie waren die Nachkommen von Hammurabi und Bentham.

Diejenigen, die das Gesetz schufen, entkamen aus den finsteren Gängen. Das Gesetz behandelte die Stimmlosen, Machtlosen, Unterdrückten, Unterjochten und Dunkelhäutigen hart, mit Rache und Vergeltung. Die Mächtigen brachten andere zum Schweigen. Thoma Kunj war stumm, ohne Eltern, Verwandte, Freunde oder Gott. Er war ein verstoßener Mann, einsam, aber geradlinig.

Als der Präsident Indiens bei der Parade zum Tag der Republik stand Thoma Kunj im Mittelpunkt der Prozession.

Es war eine schweigende Kavalkade, abgesehen von den schweren Schritten des Gefängnispersonals.

Thoma Kunj war barfuß, da er die Freiheit, Schuhe zu tragen, verloren hatte. Er ging ohne jede Unterstützung durch die Wärter, denn er hatte weder Angst noch Hoffnung noch Hass. Bei mehreren anderen Gelegenheiten mussten die Wärter die Verurteilten tragen, da viele von ihnen bewusstlos wurden; einige weigerten sich zu gehen, als ob man die Schlinge verhindern könnte, indem man sich weigerte zu treten. Viele weinten laut, heulten oder klagten; einige konnten ihr Schicksal nicht akzeptieren, schrien in einer unzusammenhängenden Sprache wie ein Pfingstprediger und flehten um Gottes Gnade und Eingreifen. Ein paar urinierten vor Angst.

Der letzte Kampf bestand darin, den Atem zu retten, indem man der Schlinge auswich, aber das Schafott war eine unausweichliche Wahrheit, aus der es kein Entrinnen gab.

Indem er die Tatsachen des Lebens so akzeptierte, wie sie waren, überwand Thoma Kunj Kummer und Schmerz.

Es war nicht sehr sinnvoll, den Richter zu überzeugen, denn er hatte den Fall bereits entschieden. Der Prozess war eine Farce, und er erkannte, dass die Zeugen einen vorbereiteten Text zu erzählen hatten. Von den sechs Zeugen hatte Thoma Kunj bisher nur drei gesehen.

Thoma Kunj war zuversichtlich, dass er freigesprochen werden würde, da er nichts Unrechtes getan hatte, und der Richter würde seine Unschuld schon vor der Verhandlung erkennen. Die Geschehnisse waren so einfach und offenkundig. Thoma Kunj ging gegen drei

Uhr nachmittags zur Herberge; es war sein erster Besuch. Nachdem er sein Fahrrad in der Parkbucht abgestellt hatte, ging er zum Haupteingang und drückte auf die Klingel. Thoma Kunj erzählte ihr, dass der Herbergsvater ihn gerufen hatte, um das undichte Rohr zu reparieren. Er erklärte ihr, er sei von George Mookens Schweinefarm, und Mooken habe ihn gefragt, ob er in die Herberge gehen müsse, um dringende Klempnerarbeiten zu erledigen. Der Bedienstete brachte ihn zum Herbergsvater, dessen Büro sich neben dem Eingang befand. Er stellte sich an den Zimmereingang, und der Pfleger klopfte an die Tür; nach einiger Zeit öffnete die Aufseherin ihre Tür und kam heraus. Thoma Kunj erzählte der Aufseherin, die ernst dreinschaute, seine Geschichte. Sie war eine große, schlanke Frau mit einer Brille; ihr graues Haar war auffällig. Die Aufseherin erläuterte die Art der Arbeiten auf der Terrasse ihres dreistöckigen Wohnheimgebäudes. Das Leck stammte aus dem Rohr, das mit dem Wassertank verbunden war.

Der Herbergsvater wies den Wärter an, Thoma Kunj auf die Terrasse des Gebäudes zu bringen. Sie stiegen die Treppe hinauf; das Gebäude war mindestens dreißig Jahre alt und wurde etwas schäbig und schmutzig gehalten. Thoma Kunj folgte dem Wärter. Am Ende der Treppe befand sich eine Tür; der Diener öffnete sie, und Thoma Kunj und der Diener betraten eine unordentliche und unaufgeräumte Terrasse, in deren einer Ecke sich der Wassertank befand.

Der Wassertank bestand aus Laterit-Braunsteinblöcken und Zement; der Putz war an vielen Stellen abgeblättert und legte die Steine frei. Aber das Leck war nicht schwerwiegend, und es war keine dringende Reparatur erforderlich; nur ein paar Wassertropfen waren an den Verbindungsstellen der Rohrleitungen sichtbar. Er war sicher, dass der Klempner des Wohnheims das gesehen hatte.

Thoma Kunj beendete die Arbeit innerhalb einer halben Stunde, und das Leck hörte ganz auf. Sobald er im Alter von vierzehn Jahren in der Schweinezucht angefangen hatte, hauptsächlich um Ferkel zu kastrieren, hatte er begonnen, Klempner- und Elektroarbeiten in vielen Gebäuden von George Mooken auszuführen, um ein zusätzliches Einkommen zu erzielen. Aber er war nie an einen anderen Ort gegangen, um Klempner- oder Elektroarbeiten auszuführen, und es war das erste Mal, dass er hinausging, um Klempnerarbeiten auszuführen. Er ging nur aufgrund der Anweisung von George Mooken, die er nicht ablehnen konnte, in die Herberge. Thoma Kunj wusste, dass Parvathy und George Mooken noch am selben Nachmittag nach Amerika reisen würden, um für unbestimmte Zeit bei ihrer Tochter zu sein. Am Vortag hatten sie Thoma Kunj zu sich nach Hause gerufen und ihn während des Abendessens gebeten, sich bis zu ihrer Rückkehr um ihr Anwesen zu kümmern. Das bedeutete, dass sie bei ihrer Tochter Anupama sein würden, und es gab kaum eine Möglichkeit, in ihrem Alter nach Ayyankunnu zurückzukehren. Parvathy und George Mooken übergaben Thoma Kunj einen versiegelten Umschlag, in dem sich ein Testament befand, ein eingetragenes Rechtsdokument, das besagte, dass der Nachlass nach ihrem Tod Thoma Kunj gehören würde. Zu Hause angekommen, bewahrte Thoma Kunj den Umschlag in seinem Stahlschrank auf.

Nach getaner Arbeit schaute er von der Terrasse hinunter. Die Herberge verfügte über ein riesiges Gelände, mindestens vier Hektar Land, das mit Büschen und Schlingpflanzen bewachsen war. Der Garten vor der Herberge war ebenso verwildert. Hier und da standen ein paar alte oder abgestorbene Kokospalmen ohne Blätter, wie ausrangierte Schornsteine, die er in einer Cashewnussfabrik in der Nähe von Thalassery gesehen hatte. Die ganze Anlage sah teuflisch aus, und Thoma Kunj fragte sich, wie Frauen dort bequem und friedlich wohnen konnten. Etwa zwanzig Meter vom Hauptgebäude entfernt befand sich ein von Büschen überschatteter und mit Schlingpflanzen bewachsener Brunnen. Thoma Kunj bemerkte eine Eisentreppe, die von der Terrasse auf den Boden vor dem Herbergsgebäude führte.

Die Betreuerin wartete nicht auf Thoma Kunj; sie war bereits gegangen, ohne ihm Bescheid zu sagen. Er öffnete die Tür von der Promenade aus und stieg die Treppe allein hinunter. Die Herberge war fast leer, und überall herrschte Stille wie auf einem Friedhof. Die Herbergsgäste waren wohl in einen Kurzurlaub gefahren. Er fühlte sich schrecklich wegen des Zustands des Gebäudes, denn der Putz war an zahlreichen Stellen abgeblättert, und an den Wänden mit großen diabolischen Bildern war das Wasser zu sehen, das während des Monsuns eingedrungen war.

Als Thoma Kunj zum Büro des Herbergsvaters zurückkehrte, bat sie ihn, den Wasserstand und die Position der im Brunnen versenkten Wasserpumpe zu überprüfen. Sie hätte dies durch einen Blick in den Brunnen überprüfen können, und ihre Bitte diente weder Thoma Kunj noch dem Wohnheim, da sie ihm sagte, er könne nach der Inspektion des Brunnens zurückgehen. Er fragte sich, warum sie nicht von ihm einen Bericht über die Wassermenge und den Standort der Pumpe haben wollte. Außerdem bezahlte sie ihn nicht für seine Arbeit, was er untypisch fand. Vielleicht lag es daran, dass sie sich direkt an George Mooken wandte und die Zahlung vornahm. Doch Parvathy und Mooken waren bereits zum Flughafen von Calicut aufgebrochen, um am Nachmittag einen Flug nach Doha und zum Washington Dulles International Airport zu nehmen. Sie würden für einen längeren Zeitraum bei Anupama bleiben.

Wie schon am Vortag hatte Mooken vor einer Woche Thoma Kunj angerufen und ihn gebeten, sich während seiner Abwesenheit um seinen Besitz zu kümmern, die Buchhaltung zu führen, die Arbeiter zu bezahlen und die Arbeiten auf dem Hof zu überwachen, einschließlich der Kuh- und Schweineställe. Immer, wenn sie ausgingen, kümmerte sich Thoma Kunj um die gesamte Arbeit. Es war eine große Verantwortung, und Thoma Kunj war in Bezug auf seine Arbeit ehrlich zu George Mooken und Parvathy. Sie vertrauten ihm, und sie hatten einige Pläne mit ihm.

Da er den Brunnen von der Terrasse des Gebäudes aus gesehen hatte, machte er sich allein auf den Weg, um den Wasserstand zu ermitteln und die Position der Unterwasserpumpe ausfindig zu machen, die das Trinkwasser in den oben liegenden Tank beförderte. Er ging durch einen internen Korridor und eine Tür an der Seite der Küche, die zum Innenhof führte. Dort befand sich neben dem baufälligen Brunnen ein Pumpenhaus.

Thoma Kunj lehnte sich gegen die runde Wand des Brunnens. Die Lateritsteinblöcke waren gefährlich wackelig; viele Steine waren bereits in den Brunnen gefallen, und einige lagen auf dem Boden. Da es der Höhepunkt des Monsuns war, gab es viel Wasser im Brunnen, und er glaubte, es anfassen zu können; er streckte seine rechte Hand in den Brunnen. Aber das Wasser war weiter unten. Als er sich bückte, fielen ein paar Steine ins Wasser und machten ein so lautes Platschen, dass der Hund im Zwinger laut zu bellen begann. Die Köchin aus der Küche rannte hinaus, und ihr Gesicht zeigte, dass sie sichtlich verärgert über den Lärm war.

"Was ist passiert? Ist etwas in den Brunnen gefallen?" fragte sie.

"Ein paar Steine sind heruntergefallen", sagte Thoma Kunj.

"Warum lehnst du dich dann zum Brunnen?", fragte sie erneut.

"Ich schaue mir nur den Brunnen an, um herauszufinden, wie tief das Wasser ist und wo die untergetauchte Pumpe ist", antwortete Thoma Kunj leicht verlegen.

"Nein, ich kann dir nicht glauben", sagte sie, trat an Thoma Kunj heran und schaute in den Brunnen.

"Ich habe dir die Wahrheit gesagt", sagte Thoma Kunj. Er wusste, dass die Erklärung, die er ihr gab, ziemlich töricht war.

"Es war etwas Schweres; das Wasser ist noch schwimmfähig", sagte sie.

"Warum glaubst du mir nicht?" fragte Thoma Kunj.

Sie schaute Thoma Kunj ein paar Minuten lang an und ging dann zurück.

Die Innenwand des Brunnens war mit Gestrüpp und Schlingpflanzen bewachsen. Es war unmöglich, die Position der untergetauchten Pumpe zu sehen, denn sie war tief, mindestens zwanzig Fuß hoch. Thoma Kunj verbrachte dort zwei Minuten und ging dann zum Parkplatz. Vom Fenster des Herbergseingangs aus konnte er ein Gesicht sehen, das ihn beobachtete, aber er konnte die Person nicht erkennen. Thoma Kunj startete sein Fahrrad und fuhr los.

Aber Thoma Kunj fühlte sich schrecklich, weil die Frau an ihm zweifelte. Vielleicht dachte sie, er würde lügen, weil etwas anderes ins Wasser gefallen war.

Am ersten Verhandlungstag fragte der Richter, ob Thoma Kunj einen Anwalt habe, der ihn verteidige. Er antwortete, er könne sich keinen Anwalt leisten. Nach einer Pause sagte er, der Fall sei so einfach, dass er ihn erklären könne und keinen Anwalt brauche. Außerdem sei er nicht daran interessiert, sich zu verteidigen. Der Richter teilte ihm mit, dass das Gericht ihm zu seinem Schutz einen kostenlosen Anwalt zur Seite stellen könne. Erneut teilte Thoma Kunj dem Richter mit, dass er die Wahrheit erklären könne, da er nicht daran glaube, sich zu verteidigen. In dieser Welt sollte jeder jeden verteidigen.

Thoma Kunj legte keinen Wert auf die Bedeutung des Wortes "Verteidigung" in einem Gerichtsprozess, da er dachte, er könne dem Richter erklären, was genau passiert war. Es war ihm egal, dass der Staatsanwalt verschiedene Fragen zu dem Vorfall stellen würde, die sich auf das indische Strafgesetzbuch, die Strafprozessordnung und das Beweisgesetz stützten. Thoma Kunj wusste nicht, dass es sich um einen auf Beweisen basierenden Prozess handelte, nicht um einen auf Wahrheit basierenden. Der Staatsanwalt konnte die Vergewaltigungs- und Mordanklage gegen ihn auf der Grundlage der Zeugenaussagen erheben und nicht auf der Grundlage der Wahrheit oder dessen, was genau geschehen war.

Thoma Kunj dachte an Appu, an die körperliche Folter, die Thoma Kunj in der Kabine des Schulleiters erlitten hatte, und an den Eid, den er in Emilys Namen geleistet hatte, dass er sich in keiner Situation verteidigen würde. Ihm war es egal, dass die Befragung in der Schulleiterkabine und der auf Beweisen basierende Prozess vor einem Strafgericht zwei verschiedene Realitäten waren. Vor Gericht gab es für manche Vorfälle keine Beweise, auch wenn sie wahr waren, und niemand konnte sie leugnen, ohne dass sie als Beweise durchfielen. Die Wahrheit konnte also während eines Prozesses vor einem Strafgericht verworfen werden. Vorfälle waren entweder wahr oder falsch, und es gab keine Debatte. In Thoma Kunjs Welt gab es nur tatsächliche Ereignisse, und es konnte keine falschen Ereignisse geben, da Falschheit nicht existieren konnte. Für ihn war das, was geschah, die Realität, und ihre Wahrhaftigkeit war jenseits aller Prüfungen.

Als der Richter nach vielen Verhandlungstagen das Urteil verkündete, erkannte Thoma Kunj, dass es sich um ein unfaires Verfahren handelte und das Urteil gefälscht war. Nach Ansicht des Gerichts können Beweise nicht außerhalb der Tatsachen existieren; sie müssen gesehen, gehört, angefasst, geschmeckt oder gerochen werden. Angenommen, ein Mensch kannte eine Blume im Wald nicht, die es nicht gab. Thoma Kunj war überrascht, als er die neue Definition der Aktualität, die Post-Wahrheit, kennenlernte. Er hatte den Eindruck, dass etwas ohne Wissen oder Beweis existiert. Doch für das Gericht war die Tatsache eine erfahrene Realität.

Es geschah also, wie der Staatsanwalt und die Zeugen aussagten, dass Thoma Kunj die Minderjährige vergewaltigte, sie erwürgte und ihre Leiche in den Brunnen warf. Viele behaupteten, dass dies geschehen sei und zur Wahrheit wurde, indem sie die Definition änderten. Aber Thoma Kunj konnte dies nicht akzeptieren, da die mit Beweisen belegten Vorfälle nicht stattgefunden hatten.

In der Verhandlung erläuterte der Richter die Grundregeln, die vor Gericht zu befolgen sind. Plötzlich war Thoma Kunj der Angeklagte. Der Staatsanwalt hielt ein Eröffnungsplädoyer, das den Kern des Falles enthielt: Thoma Kunj ging in das Frauenwohnheim, vergewaltigte ein minderjähriges Mädchen in einem der Zimmer, strangulierte sie und warf ihre Leiche schließlich in den Brunnen.

Thoma Kunj hatte keine lange Aussage zu machen. Er sagte dem Gericht, er sei auf Anweisung von George Mooken zum Wohnheim gegangen, habe sich mit dem Aufseher getroffen und die undichte Rohrleitung wie verlangt repariert. Danach ging er erneut zum Aufseher, um ihm zu berichten, dass er die Arbeit abgeschlossen hatte. Dann ging er zum Brunnen, um den Wasserstand zu überprüfen, wie es der Aufseher von ihm verlangt hatte, und um den Standort der eingetauchten Pumpe zu ermitteln. Schließlich kehrte er nach Hause zurück.

Thoma Kunj nahm den Prozess nicht ernst, da er nie gedacht hätte, dass er für ein Verbrechen bestraft werden könnte, das er nicht begangen hatte. Er konnte sich nicht vorstellen, dass er zum Tode verurteilt werden und erneut in Berufung gehen würde. Und wenn die letzte Berufung abgelehnt würde, würde man ihn an den Galgen bringen. Der Prozess war wie ein Einakter; er dachte, er würde in der Schule spielen, wo er eine Figur war. Nach dem Einakter trug er seine Schuluniform und kehrte am Abend nach Hause zurück. Er glaubte, er würde nach Hause zurückkehren, seiner täglichen Arbeit auf der Schweinefarm nachgehen und sich um das Anwesen kümmern, wenn Parvathy und George Mooken nicht da waren, da sie in die USA gegangen waren.

Von Seiten Thoma Kunjs gab es keine Zeugen, da er den Eindruck hatte, dass er allein ausreicht, da er sich weigerte, den Fall zu verteidigen. Es war unnötig, einen Zeugen zu haben, da niemand außer Parvathy und George Mooken, die zu ihrer Tochter in die Vereinigten Staaten gegangen waren, von seinem Besuch im Frauenwohnheim wusste. Thoma Kunj vertraute auf die Wahrheit dessen, was an jenem Sonntag im Wohnheim für arbeitende Frauen geschah. Er dachte, der Richter würde ihm glauben, wenn er die einfachen Fakten erklärte. Die Wahrheit war einfach, sie war klar wie das Sonnenlicht, und es gab keinen Zweifel an ihr. Es war das, was geschah; es war nicht das, was nicht geschah, und darüber gab es keinen Streit, denn was nicht geschah, existierte nicht. Es war, als würde jeder sagen, die Sonne sei die Sonne und der Mond sei der Mond, da die Sonne nicht der Mond und der Mond nicht die Sonne sein konnte.

Ein Prozess in einer Strafsache war sinnlos, da es nichts zu argumentieren oder zu überprüfen gab, und Thoma

Kunj stellte den Sinn eines Prozesses in Frage. Beweise könnten zu Unwahrheiten führen, und die Wahrheit würde irgendwo während des Prozesses oder an seinem Ende begraben werden. Beweise waren der entscheidende Faktor, und der Staatsanwalt konnte sie erbringen, und ein naiver Richter konnte ihnen Glauben schenken, oder er konnte zu einer Partei werden, die Märchen spinnt.

Der Richter war der entscheidende Faktor in einem Strafprozess. Er konnte auf der Seite der Wahrheit stehen oder gegen sie sein. Er konnte auf den vom Staatsanwalt erzeugten Wellen schwimmen und die auf falschen Beweisen beruhenden Tatsachen unterdrücken oder auf der Seite der Wahrheit stehen und falsche Beweise zurückweisen.

Die Wahrheit stellte die Realität dar, die das Gegenteil einer Lüge war, und die Unwahrheit konnte nicht existieren, weil es ihr an Eigenschwingung und innerer Potenzialität fehlte. Die Wahrheit war mit der Erfahrung verbunden, aber sie war nichts als eine Tatsache; ein Zeuge konnte sie nicht ändern. Da die Unwahrheit die Wahrheit nicht ändern konnte, unterstützte die Wahrheit immer eine andere Wahrheit und verstand die nächste. Die Wahrheit war kategorisch, und wenn sie ausgesprochen wurde, behauptete sie bestimmte Tatsachen, Überzeugungen und Aussagen, die sich gegenseitig stützten, und es gab keine Widersprüche. Emily, seine Mutter, war die Wahrheit, ebenso wie sein Vater Kurien, der ihn liebte. Dass er alle Bilder des Heiligsten Herzens Jesu, der

Jungfrau Maria und aller Heiligen verbrannte, war eine Wahrheit. Die Nichtexistenz Gottes war die Wahrheit. Alle Menschen hatten ein bestimmtes Wissen und den Glauben, dass ihre Welt die Wahrheit war.

Thoma Kunj konnte sich keine Unwahrheit vorstellen, da er immer die Wahrheit sagte. Seine Mutter und sein Vater hatten ihn gelehrt, die Wahrheit zu sagen. Und als er dem Gericht sagte, er habe das Mädchen nicht gesehen, sie nicht vergewaltigt, nicht erwürgt und ihre Leiche nicht in einen Brunnen geworfen, war das, was er sagte, die Wahrheit. Und er wusste nicht, warum er einen Anwalt bitten sollte, ihn in einem Prozess zu verteidigen. Thoma Kunj war sein Anwalt, denn er konnte die Wahrheit sagen. Aber er verstand nicht, warum er einen Richter davon überzeugen sollte, dass das, was er sagte, echt war. Es war die Aufgabe der Polizei herauszufinden, wer der Vergewaltiger war, der das minderjährige Mädchen ermordet, erwürgt und in einem Brunnen entsorgt hatte. Ein Unschuldiger hatte damit nichts zu tun, und Thoma Kunj weigerte sich, einen Anwalt zu beauftragen, und akzeptierte auch nicht, dass ein vom Gericht bestellter Anwalt ihn verteidigte. Er brauchte sich nicht zu schützen, denn jemanden von seiner Unschuld zu überzeugen, schadete einer anderen Person, da jeder für jeden verantwortlich war.

Der Staatsanwalt erzählte eine falsche Geschichte, und Thoma Kunj ging davon aus, dass der Richter sie zurückweisen würde, da es seine Aufgabe sei, nach der Wahrheit zu suchen. Der Staatsanwalt war klar und konsequent in seiner Darstellung der Ereignisse. Er war logisch und legte einen Beweis nach dem anderen vor, der sich auf eine solide Grundlage stützte und die Schuldlosigkeit von Thoma Kunj in Frage stellte. Aber was der Staatsanwalt sagte, war die Unwahrheit, obwohl es durch Beweise gestützt wurde. Die Beweise wurden zum Gegenteil von Tatsachen und brachten Thoma Kunj auf das Schafott.

Bei den Zeugen handelte es sich um den Herbergsvater, den Pfleger, den Koch und drei unbekannte Personen. Ihre Geschichte war auf einem soliden logischen Fundament aufgebaut, das aus ineinander greifenden Ziegeln des indischen Strafgesetzbuchs und des Beweisgesetzes gewoben und von der Staatsanwaltschaft verkündet wurde. Sie sahen aus wie die tatsächliche Wahrheit, aber die Zeugen waren Wahrheitsroboter.

Die erste Zeugin war die Wärterin. Sie sah in ihrem Saree anders aus, aber Thoma Kunj erkannte sie. Sie sagte vor Gericht aus, dass sie die Tür öffnete, nachdem der Angeklagte geklingelt hatte, und den Angeklagten zum Herbergsvater führte. Nachdem sie von der Aufseherin Anweisungen erhalten hatte, brachte sie den Angeklagten über die Innentreppe auf die Terrasse. Sie bemerkte, dass der Angeklagte neugierig war und beobachtete sorgfältig die Wände und den Boden. Unten auf der Terrasse angekommen, öffnete sie die Tür von innen, die immer verschlossen war. Auf der Terrasse zeigte sie dem Angeklagten die Arbeit, und er machte sich sofort an die Arbeit, sprach aber nicht mit ihr. Nach zwei Minuten verließ sie ihn und ging nach unten, ohne die Tür von innen zu verschließen, da der Angeklagte nach unten kommen würde, um sich mit der Aufseherin zu treffen und sie über die Arbeiten zu informieren. Der Angeklagte kehrte nach dreißig Minuten zurück, und sie sah, wie der Angeklagte das Zimmer des Herbergsvaters betrat. Sie blieb nicht bei der Herbergsleiterin und dem Angeklagten, da sie andere Aufgaben hatte und nicht wusste, was danach geschah.

Der Richter sagte dem Angeklagten, dass er die Zeugin befragen könne, da er keinen Anwalt habe, der ihn vertrete. Thoma Kunj fragte die Zeugin nichts, da das, was die Zeugin vor Gericht gesagt hatte, für die Zeugin zutraf, und er die Zeugin nicht befragen wollte.

"Warum schweigen Sie?", fragte der Richter.

"Es ist mein Recht, zu schweigen", antwortete Thoma Kunj.

"Sie sind der Angeklagte", sagte der Richter.

"Für sie bin ich der Angeklagte, aber für mich bin ich unschuldig", sagte Thoma Kunj.

"Sie müssen sich selbst schützen", sagte der Richter.

"Sie müssen mich schützen, indem sie mich nicht fälschlicherweise beschuldigen, denn ich beschuldige niemanden. Es ist unmöglich, auf alle Anschuldigungen zu antworten, und ich reagiere auf keine von ihnen", antwortete Thoma Kunj.

Der Richter lachte.

Der nächste Zeuge war ein junger Mann, der Probleme beim Gehen hatte, als ob er an Kinderlähmung gelitten hätte. Er erzählte dem Gericht, dass er in den letzten zehn Jahren als Kehrer in dem Wohnheim gearbeitet habe. Als Jugendlicher ging er dorthin und arbeitete, half dem Koch und erledigte Besorgungen für den Heimleiter. Normalerweise setzte er die Pumpe jeden Morgen um fünf und abends um sechs in Gang. Er wohnte in einem kleinen Zimmer unter der Treppe im Erdgeschoss des Wohnheims und war ein Junggeselle. Als Waisenkind konnte er in den Ferien nirgendwo hingehen.

Es war gegen vier Uhr fünfundvierzig nachmittags an einem Sonntag. Er ruhte sich in seinem Zimmer aus und hörte Filmmusik. Plötzlich hörte er jemanden weinen. Es war die Stimme eines jungen Mädchens; da er seit mehr als zehn Jahren im Frauenwohnheim war, konnte er die Stimmen von Frauen erkennen. Aber es war der Schrei eines Mädchens, und er öffnete die Tür und betrat den Korridor. Erneut ertönte ein leiser Schrei. Es kam aus einem Zimmer im Erdgeschoss, da war er sich sicher. Er suchte verzweifelt nach dem Zimmer und fand ein von innen verschlossenes Zimmer. Er wusste, dass sich ein Mädchen im Zimmer ihrer Schwester aufhielt. Sie kam morgens in die Herberge, ohne zu wissen, dass ihre Schwester am Vortag nach Hause gegangen war. Das Mädchen wartete in ihrem Zimmer, da der Abendbus in ihre Stadt erst gegen fünf Uhr fuhr.

Er klopfte an die Tür, aber niemand öffnete. Aber er war sich sicher, dass das Mädchen in dem Zimmer war. Er rannte zum Büro des Herbergsvaters, aber sie war nicht da. Er suchte nach ihr und fand sie nach etwa zwanzig Minuten im Garten. Er informierte sie über den Vorfall und lief in Richtung des Zimmers des Mädchens. Die Herbergsleiterin lief vor ihm her. Als sie den Korridor betraten, war es etwa fünf Uhr abends, und er sah den Angeklagten, der das Mädchen auf dem Arm trug und durch den Korridor lief. Der Angeklagte öffnete die Tür an der Seite der Küche, konnte aber nicht sehen, dass der Aufseher ihm folgte. Als der Zeuge die Türschwelle erreichte, sah er den Angeklagten, der sich in Richtung des Brunnens lehnte.

"Ich habe sein Gesicht nicht gesehen, aber ich habe ihn von der Seite gesehen. Ich bin sicher, dass der Angeklagte die Person war, die mit der Leiche des Mädchens lief", sagte der Zeuge. Der Staatsanwalt bat den Richter, die Ereignisse in ihrer Reihenfolge zu notieren, und die Schreibkraft tippte jedes Wort des Zeugen ab.

Thoma Kunj sah überrascht aus, als er hörte, was der Kehrer sagte. Es war eine Unwahrheit.

Der Richter fragte den Angeklagten, ob er den Zeugen befragen wolle. Thoma Kunj sagte, dass das, was der Zeuge über ihn gesagt habe, und die geschilderten Ereignisse falsch seien. Er habe das Zimmer des Mädchens nicht betreten und das Mädchen, von dem der Zeuge gesprochen habe, nie gekannt. Thoma Kunj hatte das Mädchen nie gesehen, und es war keine Rede von Vergewaltigung, Strangulierung, Laufen mit ihrem Körper durch den Korridor und Entsorgen im Brunnen.

Thoma Kunj weigerte sich, den Zeugen zu befragen, da er glaubte, dass er durch eine Befragung des Zeugen die von diesem geäußerte Unwahrheit nicht ändern könne.

Wie wollen Sie beweisen, dass Sie unschuldig sind?", fragte der Richter.

"Warum sollte ich beweisen, dass ich unschuldig bin? Ich bin unschuldig, und das ist eine Tatsache. Aber ich will es nicht jedem beweisen, der falsche Anschuldigungen gegen mich erhebt. Es ist für mich menschlich unmöglich, die Leute davon abzuhalten, Unwahrheiten zu sagen. Es ist mein Recht, auf Unwahrheiten nicht zu reagieren", sagte Thoma Kunj.

"Sie sind der Beschuldigte. Nur wenn Sie widerlegen, was der Zeuge Ihnen gesagt hat, können Sie beweisen, dass Sie unschuldig sind", sagte der Richter.

"Das bin ich. Warum brauche ich einen äußeren Beweis, der meine Unschuld bestätigt?" Erwiderte Thoma Kunj.

"Ich brauche Beweise; ich suche nicht nach der Wahrheit. Beweise können eine Unwahrheit widerlegen. Ihr Schweigen, Ihre Selbstgerechtigkeit und Ihre Einfalt werden vor Gericht nicht ausreichen. Sie müssen sich vor Gefahren für Ihr Leben schützen", erklärte der Richter.

"Ich glaube nicht an einen Prozess, der nicht auf der kategorischen Wahrheit beruht", antwortete Thoma Kunj.

Der Richter lachte.

Der nächste Zeuge war der Gärtner des Wohnheims. Er sagte, er habe sechs Jahre lang mit seiner Frau und seinen beiden Kindern in einer alten Zwei-Zimmer-Hütte auf dem Gelände des Wohnheims gewohnt. Sonntags hatte er keine Arbeit, aber er ging oft im Garten des Wohnheims spazieren. Gegen fünf Uhr zwanzig hörte er einen Tumult in der Nähe des Brunnens, lief dorthin und sah, wie der Angeklagte die Leiche eines Mädchens in den Brunnen warf. Die Aufseherin des Wohnheims stand direkt vor der Tür, neben der Küche, und der Kehrer stand hinter ihr. Es gab ein plätscherndes Geräusch aus dem Brunnen. Die Köchin kam herausgelaufen, schrie den Angeklagten an und fragte ihn, was er da mache. Der Angeklagte sagte kein Wort, er war still. Der Gärtner sagte, er sei erschrocken, als er das Gesicht des Angeklagten sah. Bald darauf startete er sein Fahrrad und fuhr davon, als ob nichts geschehen wäre.

Thoma Kunj sah den Gärtner erstaunt an. Er war überzeugt von seiner Erzählung, als wäre sie geschehen. Aber der Gärtner war unehrlich; nichts von dem, was er sagte, war wahr.

Der Richter fragte noch einmal nach, ob der Angeklagte an einer Befragung des Zeugen interessiert sei. Thoma Kunj sagte dem Richter, dass das, was der Zeuge gesagt habe, reine Einbildung sei. Obwohl der

Zeuge eine Lüge geäußert habe, sei Thoma Kunj nicht daran interessiert, den Zeugen zu befragen, da eine Lüge nicht in eine Wahrheit umgewandelt werden könne.

Der nächste Zeuge war der Pförtner des Wohnheims, ein kräftiger Mann, etwa 1,80 m groß und um die vierzig Jahre alt. Er war bereits seit zwölf Jahren im Frauenwohnheim tätig. Es gab noch zwei weitere Pförtner, die jeweils acht Stunden pro Tag arbeiteten. Wenn eine Person Urlaub hatte, arbeiteten die anderen zwölf Stunden lang. Am Sonntag begann er seine Arbeit um sechs Uhr morgens. Der Angeklagte erreichte die Herberge gegen drei Uhr nachmittags, und der Pförtner bat ihn, sein Fahrrad auf dem Parkplatz für Zweiräder abzustellen. Er fragte den Angeklagten, warum er dort sei, und der Angeklagte sagte ihm, er sei dort, um den Aufseher zu treffen, um einige Reparaturarbeiten zu erledigen. Dann ging der Angeklagte hinein. Gegen fünf Uhr zwanzig hörte er ein lautes Geräusch aus dem Brunnen, und er konnte einige Leute schreien und weinen hören. Er lief zum Brunnen, und der Angeklagte stand in der Nähe des Brunnens. Die Herbergsleiterin stand vor der Küchentür, und der Kehrer stand hinter ihr. Der Gärtner stand und schaute in den Brunnen. Die Köchin kam angerannt und fragte den Angeklagten, was er da mache, warum es ein Geräusch gebe und noch ein paar andere Fragen. Der Pförtner konnte das Gesicht des Angeklagten erkennen, da er ihn gebeten hatte, sein Fahrrad in der Parkbucht für Zweiräder abzustellen.

104 DAS SCHWEIGEN DES GEFANGENEN

Dann fragte der Staatsanwalt, ob er den Angeklagten identifizieren könne. Der Pförtner sagte laut "ja", drehte sich zu Thoma Kunj um und sagte dem Gericht, dass er die Person sei, von der er gesprochen habe, und dass er die Person sei, die in der Nähe des Brunnens gestanden habe.

Thoma Kunj war zum Lachen zumute, denn er wusste, dass der Torwächter log. Aber er dachte, dass es ihm nicht ernst war; das ganze Gerichtsdrama war ein Einakter, und er würde nach dem Stück nach Hause gehen. Thoma Kunj konnte den Ernst des Prozesses nicht erkennen, den er für ein Kinderspiel hielt.

Der Richter gab Thoma Kunj eine weitere Chance, den Zeugen zu befragen, und Thoma Kunj sagte dem Richter, dass das, was der Zeuge vor Gericht gesagt habe, eine Unwahrheit sei, die nie geschehen sei. Außerdem habe er den Zeugen noch nie gesehen und wolle niemanden befragen, der vor Gericht Lügen erzähle.

Die nächste Zeugin war die Köchin. Sie sagte vor Gericht aus, dass es vor der Küche in der Nähe des Brunnens einen großen Tumult gegeben habe, so dass sie nach draußen gelaufen sei, um zu sehen, was los sei. Der Herbergsvater und der Kehrer waren schon da. Der Gärtner schaute gerade in den Brunnen.

Die Zeugin fragt den Angeklagten, was passiert sei und ob etwas in den Brunnen gefallen sei. Der Angeklagte antwortete, dass einige Steine in den Brunnen gefallen seien. Auf die Frage der Zeugin, warum der Angeklagte sich zum Brunnen lehne, antwortete er, er schaue in den Brunnen, um den Wasserhebel und den Standort der Tauchpumpe zu ermitteln. Die Zeugin sagte, sie könne dem Angeklagten nicht glauben, da etwas Schweres in den Brunnen gefallen sei und das Wasser gestiegen sei. Die Zeugin sagte dem Gericht, dass der Angeklagte aussah, als würde er etwas verstecken. Ein paar herunterfallende Steine hätten keinen solchen Lärm gemacht. Das Geräusch sei entstanden, weil der Angeklagte einen schweren Gegenstand in den Brunnen geworfen habe.

Der Richter fragte, ob der Angeklagte den Zeugen befragen wolle. Thoma Kunj antwortete dem Richter, er wolle den Zeugen nicht befragen, aber er wolle sich zu den Aussagen des Zeugen äußern. Der Richter erlaubte ihm, diese Bemerkungen zu machen. Der Angeklagte sagte, was der Zeuge über ihn gesagt habe, sei wahr, aber was der Zeuge über andere Zeugen gesagt habe, sei unwahr.

Der Staatsanwalt sagte, der Angeklagte habe die Aussage des Zeugen akzeptiert, indem er sich weigerte, den Zeugen zu befragen.

Die letzte Zeugin war die Herbergsvater. Sie trug einen weißen Baumwoll-Saree und eine vollärmelige Bluse. Sie war etwa fünfundfünfzig Jahre alt und machte einen stattlichen Eindruck. Ihr graues Haar war ordentlich gekämmt und hinter dem Kopf zusammengebunden. Das Brillengestell war silbern, und ihre Stimme war langsam, aber laut und klar, als spräche sie aus einem irdenen Gefäß, obwohl ihr Gesicht ausdruckslos war; es gab keine emotionalen

Schwankungen in ihrem Ton. Zu Beginn erzählte sie die Vorfälle in der dritten Person.

Der Angeklagte kam gegen drei Uhr zwanzig nachmittags ins Wohnheim. Der Aufseher erläuterte die Art der Arbeit, die Thoma Kunj zu erledigen hatte. Zusammen mit dem Herbergsvater ging er auf die Terrasse, um das Leck in der Rohrleitung des Hochbehälters zu reparieren. Der Betreuer kehrte sofort zurück, und der Beklagte beendete die Arbeit innerhalb einer halben Stunde. Der Angeklagte wurde für seine Arbeit bezahlt, und der Aufseher bat ihn zu gehen. Dann begann der Aufseher über das Opfer zu sprechen.

Es handelte sich um eine fünfzehnjährige Schülerin, die morgens gegen halb neun in der Herberge ankam, um ihre Schwester, eine Herbergsmutter, abzuholen. Das Mädchen war Internatsschülerin in einer Schule, die etwa zwei Kilometer vom Wohnheim für berufstätige Frauen entfernt war. Mit Erlaubnis der Schuldirektorin besuchte sie gelegentlich ihre Schwester, um die Sonntage mit ihr zu verbringen, und kehrte am nächsten Tag frühmorgens in ihre Schule zurück. An diesem Tag begab sie sich zum Wohnheim, um mit ihrer Schwester für einen siebentägigen Urlaub nach Hause zu fahren, ohne zu wissen, dass ihre Schwester bereits abgereist war. Gegen fünf Uhr abends fuhr ein direkter Bus in ihre Heimatstadt, die sie in zwei Stunden erreichte, und so wartete das Mädchen allein im Zimmer ihrer Schwester. Als der Angeklagte durch den Korridor des Wohnheims ging, sah er das Mädchen; er betrat ihr Zimmer, vergewaltigte sie und strangulierte sie.

Als der Kehrer des Wohnheims den Lärm im Zimmer hörte, eilte er zu dem Zimmer. Das Zimmer war von innen verschlossen. Er konnte schwache Schreie aus dem Zimmer hören. Dann rannte er zum Zimmer der Aufseherin, um sie zu informieren.

Plötzlich wechselte der Aufseher in die erste Person des Erzählers.

"Der Kehrer traf mich im Garten und erzählte mir von dem Lärm im Zimmer des Mädchens. Zusammen mit ihm eilte ich in das Wohnheimsgebäude. Ich sah den Angeklagten mit der Leiche des Mädchens durch den Korridor rennen. Sein Gesicht war sichtbar. Er war der Angeklagte. Es war etwa fünfzehn Uhr fünfzehn, und der Angeklagte war etwa eine halbe Stunde lang im Zimmer des Mädchens. Ich rannte schreiend hinter ihm her, aber er öffnete die Tür, ging hinaus und warf die Leiche des Mädchens in den Brunnen. Der Gärtner war schon da, und der Pförtner kam angerannt, dann die Köchin."

Der Angeklagte vergewaltigte das Mädchen, strangulierte sie, trug ihren Körper in der Hand, ging zum Brunnen und warf ihn hinein.

Thoma Kunj schaute die Wärterin ungläubig an. Was sie sagte, war eine Unwahrheit. Die Herbergsleiterin wusste, dass sie log, aber sie projizierte, was sie sagte, sei wahr.

108 DAS SCHWEIGEN DES GEFANGENEN

Der Richter fragte Thoma Kunj, ob er die Zeugin befragen wolle. Thoma Kunj sagte dem Richter, dass fast alles, was die Zeugin gesagt habe, falsch sei. Er wolle sie nicht befragen, da Unwahrheit niemals wahr werden könne. Sie habe das Recht zu sagen, was sie wolle, aber gleichzeitig sei sie verpflichtet, die Wahrheit zu sagen. Doch sie versagte kläglich, da ihre Aussagen nicht den Tatsachen entsprachen.

Die Wahrheit war aufrichtig, echt und ehrlich, und sie brauchte keine Prüfung oder Beweise, um die Wahrheit zu sein. Nur diejenigen, die Angst vor anderen hatten, verteidigten sich. Derjenige, der auf sich selbst vertraute, stand allein, und Thoma Kunj stand allein. Furchtlos akzeptierte er alles, was geschah. Aber er stellte alles in Frage, was dem Tatsächlichen widersprach, auch wenn er den Richter nicht überzeugen konnte, der bereits durch seine Geschichte überzeugt war. Er wollte diese Geschichte für immer auslöschen, und der Prozess war eine Chimäre für andere. Als das Kind im Mutterleib heranwuchs, flehte er die Mutter an, es abzutreiben, da die Geburt des Kindes seine Anwaltspraxis und seine Zukunft beeinträchtigen würde. Doch die Frau weigerte sich, dem zuzustimmen.

Es war reiner Zufall, dass der Fall von Thoma Kunj in seinem Gericht verhandelt wurde. Er wusste um die Unschuld von Thoma Kunj, aber er wollte nicht die Last seiner Verliebtheit in eine junge Frau tragen.

Kurien fragte nie nach der Vorgeschichte der Frau, die er im Jubilee Park in Kottayam kennengelernt hatte.

Ihr Baby wurde im Haus seiner Tante geboren. Er heiratete sie, zog mit ihr in ein fernes Land und arbeitete in einer Schweinezucht. Kurien liebte Thoma Kunj wie seinen eigenen Sohn.

Thoma Kunj hat kein Tötungsdelikt begangen, da er das Mädchen nicht vergewaltigt und erstickt hat. Der Richter akzeptierte nicht, was Thoma Kunj sagte, da er den Aussagen des Staatsanwalts Glauben schenkte. Der Staatsanwalt wollte seinen Fall gewinnen, da der MLA sein Freund war; außerdem wollte der Richter seine Vergangenheit auslöschen. Beide verfolgten unterschiedliche Ziele, ohne die Motive des anderen zu kennen.

Es war nicht Thoma Kunjs Aufgabe, alle Argumente zu widerlegen und die Unwahrheit der anderen zu entlarven. Er hatte das Recht zu schweigen, sich nicht zu verteidigen, und er glaubte nicht daran, sich zu verteidigen. Er hatte das minderjährige Mädchen nicht gesehen, und das war eine Tatsache. Wenn der Richter sich weigerte, den Punkt zu akzeptieren, war es nicht Thoma Kunjs Schuld, da der Richter die Wahrheit nicht kannte und es versäumte, den tatsächlichen Vergewaltiger herauszufinden. Es war nicht Thoma Kunjs Pflicht, den Vergewaltiger zu suchen und zu finden, denn das war die Aufgabe der Polizei.

Thoma Kunj bildete sich ein, der Richter könne seine Unschuld leicht erkennen, wenn er nach Fakten und Hinweisen suchte. Die Pflicht des Richters war es, ein Urteil auf der Grundlage von Fakten zu fällen, und Thoma Kunj hatte keine Verpflichtung, den Richter aufzuklären. Wenn der Richter ein falsches Urteil fällte, würde dies seine Unfähigkeit zeigen, für Gerechtigkeit zu sorgen. Selbstsüchtige Menschen verteidigten sich, und unkluge Richter fällten ein falsches Urteil. Thoma Kunj hatte kein selbstsüchtiges Motiv zu leben. Sein Bestreben war es, ein aufrichtiges Leben zu führen, ohne andere zu verletzen. Da er nicht der Grund für sein Leben war, hatte er keinen Grund, sein Leben zu verteidigen, obwohl das Leben eines jeden Menschen wertvoll ist.

Der Staatsanwalt sagte dem Gericht, dass alle Zeugen den Angeklagten gesehen hätten, und zwei von ihnen hätten gesehen, wie er die Leiche des minderjährigen Mädchens getragen und in den Brunnen geworfen habe. Zwei von ihnen hätten gesehen, wie er sich zum Brunnen gelehnt habe; alle sechs hätten ein lautes Geräusch aus dem Brunnen gehört, als der Körper des minderjährigen Mädchens ins Wasser fiel. Alle sechs Zeugen waren sich sicher, dass der Angeklagte die Verbrechen begangen hatte. Der Angeklagte vergewaltigte, strangulierte und tötete das minderjährige Mädchen. Dann warf er ihre Leiche in den Brunnen. Er fürchtete sich, die Zeugen zu befragen, da er Angst vor den Beweisen hatte, und er konnte den Aussagen der Zeugen nichts Falsches nachweisen.

Mit den verschiedenen Abschnitten und Feinheiten des Strafrechts und der Komplexität des Beweisgesetzes schuf der Staatsanwalt eine Welt, in der er Thoma Kunj den Titel eines Vergewaltigers und

Mörders verlieh. Jedes seiner Worte war eine Schlinge, ein winziger Teil eines riesigen Netzes, in dem sich Thoma Kunj langsam, aber konsequent, Schritt für Schritt verhedderte. In den Augen der anderen gab es für Thoma Kunj kein Entkommen, keinen Ausweg, denn seine Schuldlosigkeit verschwand wie der Morgennebel über dem Berggipfel. Thoma Kunj zeigte keinerlei Bindung an seine Existenz. Er war losgelöst von dem, was im Gerichtssaal geschah, und machte sich keine Gedanken darüber, was passieren würde. Dieser Ausdruck war für den Staatsanwalt ein Eingeständnis seiner Schuld.

Bei einigen Gelegenheiten dachte Thoma Kunj daran, die Schuld zu akzeptieren. Ein armes Mädchen war von jemandem vergewaltigt und ermordet worden, und jemand musste sich zu dem Verbrechen bekennen. Es war wichtig, dass jemand sagte, er habe es getan, und es gab niemanden, der aus dem Publikum im Gerichtssaal aufstand und sagte: "Ja, ich war es." Es war falsch, die Schuld nicht anzuerkennen, denn jemand musste es getan haben. Aber er hielt es für seine Pflicht, die Verantwortung zuzugeben und den weiteren Prozess zu stoppen. Noch nie im Leben war Thoma Kunj in einen solchen Schlamassel geraten, dass sein Verstand von ihm verlangte, etwas zuzugeben, was er nicht getan hatte. Es ging darum, dem Richter zu helfen, einen Prozess nicht fortzusetzen, bei dem es keinen sichtbaren Täter gab. Es gab ein Opfer, und es war unvermeidlich, dass es einen Mörder gab; es war seine Pflicht, dies zuzugeben, auch wenn er nicht der Täter war. Aber er war der

Angeklagte, auch wenn er das Mädchen nicht vergewaltigt, erwürgt und in den Brunnen geworfen hatte. Es war ein verirrter Gedanke, aber gegen seine Überzeugungen und seinen Glauben.

Durch sein Schweigen erschien Thoma Kunj als Vergewaltiger eines minderjährigen Mädchens, obwohl er sie nie gesehen hatte. Er musste die Last eines Verbrechens auf seinen Schultern tragen.

Zu schweigen war mehr als das Privileg, sich nicht selbst zu belasten. Es war ein Recht, nicht einmal über die eigene Unschuld zu sprechen, sich nicht zu verteidigen, da jeder die Pflicht hatte, jeden zu schützen und dafür verantwortlich war, andere nicht durch falsche Anschuldigungen zu beschuldigen. Warum man sich verteidigen sollte, war für Thoma Kunj eine unbeantwortete Frage; niemand konnte ihm eine angemessene Antwort geben, nicht einmal der Richter.

Es war ein Zurückhalten von Informationen über die Schuldlosigkeit, denn man sollte sich nicht mit Ruhm bekleckern.

"Ich bin mein Anwalt, aber ich möchte nicht über mich selbst sprechen, da ich glaube, dass ich mich nicht selbst schützen muss. Es ist die Pflicht anderer Personen und der Gesellschaft, keine Lügen über mich zu verbreiten", sagte Thoma Kunj zum Richter, als die Verhandlung am letzten Tag begann, und der Richter lachte über seinen Schwachsinn. Der Richter hielt Thoma Kunjs Argumentation für fade, leer, oberflächlich oder tollkühn.

Thoma Kunj schaute den Richter ungläubig an, denn er erwartete, dass der Richter sein Schweigen nicht als Beweis gegen ihn werten würde.

Die Staatsanwältin lachte laut und schloss sich dem Richter an. Thoma Kunj betrachtete den Staatsanwalt mit Skepsis und Belustigung. Er dachte, der Richter und der Staatsanwalt hätten keine Ahnung von der Sehnsucht des menschlichen Herzens, in allen Handlungen und Überzeugungen aufrichtig zu sein.

Die Miene des Staatsanwalts war triumphierend, als der Richter das Urteil verkündete, dass Thoma Kunj schuldig sei. Er hatte ein minderjähriges Mädchen vergewaltigt, erwürgt und die Leiche im Brunnen des Frauenwohnheims entsorgt.

Thoma Kunj war fassungslos, als er den Ausdruck der Freude des Staatsanwalts hörte, eine Freude, die aus der Qual eines Unschuldigen erwuchs. Der Staatsanwalt wusste, dass er zum Nutzen seines politischen Freundes Unwahrheiten verbreitete; wenn er Minister würde, würde er zum Richter ernannt werden.

Thoma Kunj sah den Staatsanwalt und den Richter mit Verachtung und Mitleid an.

Seine Bemühungen waren vergeblich, irgendjemanden davon zu überzeugen, dass er nie ein anderes Mädchen oder eine andere Frau als seine Mutter, Emily, Parvathy und Ambika berührt hatte. Es gelang ihm nicht, zu beweisen, dass er nie daran gedacht hatte, ein Mädchen oder eine Frau zu vergewaltigen, da er nie einen solchen fehlerhaften sexuellen Drang hatte.

Er hatte nie daran gedacht, jemanden zu strangulieren, da er außer auf Appu auf niemanden wütend war. Aber Appu war bösartig. Er versuchte, Thoma Kunj in der Öffentlichkeit zu demütigen, und sein Ziel war Thoma Kunjs Mama. Emily war sein ganzer Stolz, und jeder, der ein schlechtes Wort über sie sagen wollte, brach ihm das Herz. Er konnte es nicht akzeptieren; der Schmerz war jenseits seiner Vorstellungskraft.

Seine Unkenntnis des menschlichen Verhaltens ließ ihn ein Schweigen bewahren, das andere als Ausdruck seiner Kriminalität betrachteten. Sein Vertrauen in jeden, dem er begegnete, machte ihn verwundbar, und seine Ruhe und Güte standen ihm entgegen. Er hatte keine klare Vorstellung von den Vorfällen und verstand die Konzepte von Polizei, Gesetz und Gericht nicht. Sein einfaches Leben stand gegen ihn, als sei er introvertiert, asozial und ein Feind der Menschen. Während er dem Staatsanwalt zuhörte, zweifelte Thoma Kunj an seiner Überzeugung, dass er unschuldig war, und er dachte, er könnte sie vergewaltigt, gewürgt und die Leiche in eine Grube geworfen haben, ohne das Mädchen zu sehen und zu berühren.

Selbst am Galgen herrschte Schweigen, bis auf ein paar Minuten, bevor der Bezirksrichter den Haftbefehl verlas.

Kein Gefangener durfte der Hinrichtung eines Mitgefangenen beiwohnen. Thoma Kunj wusste, dass der Gefängnisdirektor, zwei leitende Gefängniswärter und mindestens zwölf Wachen, darunter zehn Wachtmeister und zwei Oberwachtmeister, am Galgen sein würden. Ein Priester würde nicht anwesend sein, da Thoma Kunj nicht an Gott glaubte. Der Superintendent könnte Sozialwissenschaftlern, Psychologen und Psychiatern, die sich mit Studien über das Verhalten von Mördern und Sträflingen beschäftigen, erlauben, der Hinrichtung beizuwohnen.

Die Hinrichtung würde vor Sonnenaufgang stattfinden, und alle Gefangenen würden in ihren Baracken und Zellen eingeschlossen werden.

Thoma Kunj wird eine Kapuze tragen, da er den Galgen nicht sehen darf.

Das Gefängnis war ein eigenes Universum, eine Welt für diejenigen, die ihre Freiheit verloren hatten. Für die Gesellschaft war der Verlust der Unabhängigkeit eine Folge des Missbrauchs der Freiheit. Wenn es aber gar keine Freiheit gab, wo konnte sich Thoma Kunj dann seine Autonomie aneignen? Die Selbstbestimmung ging verloren, um sie zu erlangen, und wenn es kein Selbst gab, verschwand die Selbstherrschaft in der Ödnis der Existenz.

Thoma Kunj verlor für immer, als seine letzte Berufung abgelehnt wurde.

"Der Verurteilte ist ein gefährlicher Sexualstraftäter; er ist eine Bedrohung für das friedliche Zusammenleben von Menschen, die das Gesetz des Landes respektieren und befolgen; seinem Gnadengesuch kann nicht stattgegeben werden".

Das Ein-Satz-Urteil war präzise; es zwang die Gefängnisbehörden, den Galgen zu ölen, der seit langem nicht mehr benutzt worden war, und wies den Gefängnisdirektor an, eine stabile Schlinge zu besorgen, um Thoma Kunj zu hängen.

Aber die Bedeutung des Begriffs "gefährlicher Sexualstraftäter" war ihm nicht klar. Er versuchte eine ganze Woche lang, ihn zu verstehen, aber es gelang ihm nicht. Niemand im Gefängnis konnte ihm die Bedeutung des Begriffs begreiflich machen. Er hätte sie bitten können, es mit einfachen Worten zu erklären, wenn seine Mama noch am Leben wäre. Er hatte gesehen, wie sie Briefe für ihren Schuldirektor verfasste, der weder richtig Englisch sprechen noch schreiben konnte. Wenn Parvathy und George Mooken da gewesen wären, hätte er sie fragen können. Aber sie reisten an demselben Nachmittag nach Amerika ab, an dem Thoma Kunj zum Frauenwohnheim ging, um die undichte Rohrleitung am Hochbehälter zu reparieren.

Für Thoma Kunj war es ebenso schwierig, die Bedeutung der Worte zu verstehen, die eine Bedrohung für das friedliche Zusammenleben der Menschen darstellen. Thoma Kunj wurde nie zu einer Gefahr für irgendjemanden, außer dass er Appu schlug, der seine Mutter eine Veshya nannte. Er war außer sich vor Wut, weil Appu versucht hatte, den Charakter von Mama zu verleumden. Es war schmerzhaft, es tat ihm unendlich weh. Zwei seiner Zähne waren ausgefallen, und er hustete Blut. Das war das einzige Mal, dass Thoma Kunj eine Bedrohung für das friedliche Zusammenleben der Menschen darstellte. Aber niemand erkannte die Schwere der Bosheit in Appus Worten. Er hatte kein Recht, Mama eine Prostituierte zu nennen.

Aber die Schule strich Thoma Kunj von der Liste und weigerte sich, ihm ein Versetzungszeugnis auszustellen; er konnte keine andere Schule besuchen. Da seine Schulzeit zu Ende war, ging George Mooken zum Schulleiter und bat um ein Versetzungszeugnis, das er enttäuscht zurückgab.

Thoma Kunj ging in den Schweinestall. Er war gut darin, die Ferkel zu kastrieren; sein Messer war scharf, und Thoma Kunj brauchte nur zwei Minuten, um seine Arbeit zu erledigen. Innerhalb von zwei Tagen wurden die Ferkel normal; sie fraßen mehr und wurden dick und groß. Die Nachfrage nach dem Fleisch der kastrierten Schweine stieg. Aber er konnte seine Schule nicht vergessen, denn er wollte studieren, Ingenieur werden und wie Parvathy und Mooken ins Ausland reisen. Aber Thoma Kunj schlief und träumte von seinen Ferkeln und mochte den Geruch der Schweine.

Auch die Ablehnung seines ersten Einspruchs war scharf und durchdringend:

"Das Gesetz verlangt Unparteilichkeit, Gerechtigkeit und Gleichheit. Nachdem er eine Minderjährige erwürgt hatte, vergewaltigte der Angeklagte sie und versenkte die Leiche in einem Brunnen. Er hat eine

Vorgeschichte von schwerem Fehlverhalten. Das Gnadengesuch wird abgelehnt."

Thoma Kunj verstand nicht, wie die Worte im Urteilsspruch zustande kamen. Er konnte sich nicht daran erinnern, jemals eine Minderjährige vergewaltigt zu haben, hatte keine Vorgeschichte von Fehlverhalten und hatte außer seiner Mutter noch nie einen Menschen umarmt. Als er jung war, umarmte Parvathy ihn und drückte ihm süße Küsse auf die Stirn. Für Thoma Kunj waren der Vorfall und die Anschuldigungen im Urteil und in der Ablehnung seiner Berufung frei erfunden. Er hatte nicht ein einziges Mal Sex mit einer Frau gehabt, und er war fünfunddreißig und wurde wegen Vergewaltigung und Mordes an einer Minderjährigen an den Galgen geführt.

Plötzlich hörte die Parade auf, keine Schritte, es herrschte absolute Stille. Alle schliefen innerhalb der Gefängnismauern, außer dem Aufseher, den Wärtern, dem Arzt, den Wachen und Thoma Kunj. Sie hatten drei Minuten gebraucht, um den Ort zu erreichen; bis zum Galgen würde es zwei Minuten dauern. Der Bezirksrichter verlas den Haftbefehl; der Henker würde ihn zum Schafott führen, ihn über die Falltür stellen und ihm einen Strick um den Hals legen. Er näherte sich dem Verurteilten und flüsterte ihm ins Ohr:

"Verzeiht mir, ich tue nur meine Pflicht".

Seine Pflicht war es, einen unschuldigen Mann zu hängen. Aber es war nicht seine Pflicht, zu überprüfen, ob der Verurteilte wirklich schuldig war; das war die Pflicht des Richters. Wie viele andere Richter in zahllosen Fällen versagte auch der Richter bei seiner Aufgabe.

Die letzte Handlung des Henkers bestand darin, den Hebel des Galgens zu betätigen. Dann würde der Arzt überprüfen, ob der Gehängte tot war, und er würde die endgültige Bescheinigung unterschreiben.

Von der Zelle bis zum Galgen dauerte es weniger als zehn Minuten.

Weitere zehn Minuten, während man an der Schlinge in der Grube baumelt.

Sozialwissenschaftler, Psychologen, Kriminologen und Psychiater würden ihre endlosen Debatten beginnen, und zahlreiche Journalisten würden sich ihnen anschließen. Sie würden gelehrte Artikel schreiben und Diskussionen moderieren.

Der Superintendent drehte sich um:

"Bedeckt sein Gesicht", befahl er.

Der Oberaufseher holte ein schwarzes, genähtes Tuch hervor und legte es Thoma Kunj auf den Kopf, um sein Gesicht zu verdecken. Er würde die Sonne, den Mond, die Sterne, die Tiere, die Vögel, die Bäume, die Schlingpflanzen, sein geliebtes Ayyankunnu, die mit Monsunwolken bedeckten Gipfel des Attayoli, den Barapuzha, die Elefanten und Tiger an seinen Ufern, die Kokosnussfarmen, die Schweinezucht und die

Menschen, darunter Parvathy, George Mooken und Razak, nicht mehr sehen.

Das Bedecken des Kopfes und des Gesichts des Verurteilten mit einem schwarzen Tuch vor dem Hängen war ein Ritual, um die Würde des Gehängten zu schützen. Der Verurteilte sollte den Galgen nicht sehen; niemand sollte seine Mimik und seine emotionalen Erschütterungen sehen, während er an der Schlinge baumelte. Die Gesellschaft sorgte sich um das Selbstwertgefühl des Verurteilten, obwohl sie keine Skrupel hatte, ihm die Freiheit zu verweigern, indem sie ihn der Vergewaltigung und des Erwürgens eines minderjährigen Mädchens beschuldigte, von dem die Zeugen wussten, dass es falsch war. Aber sie beschuldigten Thoma Kunj, weil er eine leichte Beute war. Alle Zeugen profitierten davon, dass sie eine Fiktion erzählten. Der Gefängnisdirektor schützte den erwachsenen Sohn eines Politikers, der für die Wahlen zur Staatsversammlung kandidierte, dem höchsten Sitz der Gesetzgeber in Kerala.

Thoma Kunj verbrachte elf Jahre im Gefängnis. Zu dieser Zeit war ein junger Mann Bildungsminister des Bundesstaates geworden und besuchte als Ehrengast viele Schulen und Hochschulen. Er riet den Mädchen, sich vor einer möglichen Vergewaltigung und den sexuellen Vergehen von Plünderern wie Thoma Kunj zu schützen, und er erinnerte sich lebhaft an die eine Woche, in der er sich im Schlafzimmer des Herbergsvaters versteckte, nachdem er das minderjährige Mädchen vergewaltigt und ihre Leiche in den Brunnen geworfen hatte. Der kräftige junge Mann hatte noch nie von Razak gehört, aber Thoma Kunj war nicht Akeem, und er vergaß, sich zu verteidigen.

Der Oberste Gerichtshof, der Oberste Gerichtshof und der Präsident wiesen Thoma Kunjs Einsprüche zurück, und die Prozession begann mit Thoma Kunj, dem meistgeschützten Menschen in Indien, für zehn Minuten. Einmal nahm er an der Parade zum Tag der Republik teil, und am letzten Tag seines Lebens marschierte er in einer schwarzen Kutte zum Galgen, ohne Schuldgefühle, der Sprache beraubt.

DAS BLEICHE TUCH

Als Emily sich an ein Kreuz hängte, war sie fast nackt. Es schien, als würde sie den nackten Jesus umarmen.

Emily stellte ihr Seil aus Kokosnussschalen her; es dauerte etwa eine Woche, bis es fertig war. Gegen halb vier Uhr morgens öffnete sie die Tür ihres Sohnes, ging zu seinem Bett und sah ihn kurz an. Dreizehn Jahre lang lebte sie nur für ihn und weigerte sich, ihn abzutreiben, als er in ihrem Bauch wuchs. Als Thoma Kunj geboren wurde, war Emily neunzehn Jahre alt.

Zweiunddreißig war ein junges Alter zum Sterben.

Emily starb allein an einem Kreuz vor der Kirche.

Es war eine regnerische Nacht; Emily war auf dem Weg von ihrem Haus nach Hause, das Seil in der linken Hand und einen Plastikhocker in der rechten. Im Stockdunkeln ging sie etwa fünfhundert Meter weit; sie kannte den Weg genau, denn sie war ihn schon tausendmal gegangen, jeden Sonntag, an allen Festtagen, an allen Heiligen und an allen Seelentagen, dreizehn Jahre lang.

Das schwache Licht von den Kirchtürmen warf lange Schatten auf das riesige dunkle Granitkreuz, und die Metallstatue von Jesus sah aus wie eine große Eidechse.

Emily war eine regelmäßige Kirchgängerin, und Thoma Kunj begleitete sie schon als Kleinkind.

Kurien weigerte sich, in die Kirche zu gehen; er glaubte nicht an Gott, er zog Schweine vor.

Kurien hatte nichts dagegen, dass Emily und Thoma Kunj in die Kirche gingen; er zwang anderen niemals seine Überzeugungen auf. Er liebte seine Frau und seinen Sohn und lebte für sie. Als seine Tante auf einer kirchlichen Heirat mit Emily bestand, ging er mit ihr in die Kirche.

George Mooken und Parvathy gaben ihm einen Job, und er war dankbar dafür. Kurien hatte gerade seinen einjährigen Zertifikatskurs in Schweinehaltung an einer tierärztlichen Hochschule abgeschlossen und sah eine kleine Anzeige für einen Schweinezuchtaufseher. Er reiste nach Ayyankunnu und lernte Parvathy und Mooken kennen. Sie mochten ihn und schätzten seinen Enthusiasmus, sein systematisches Vorgehen, seine Hoffnung und sein Engagement. Er war erst siebzehn Jahre alt. Kurien baute eine kleine Hütte in der Ecke von George Mookens Land, und später schenkte ihm Mooken einen halben Hektar Land um die Hütte herum, als Emily und Thoma Kunj sich ihm anschlossen.

Er arbeitete sieben Jahre lang mit ihnen zusammen, bevor er Emily und Thoma Kunj nach Ayyankunnu brachte. Zum ersten Mal nahm Kurien einen dreitägigen Urlaub und fuhr nach Kottayam, um die Schwester seines Vaters, Mariam, seine einzige lebende Verwandte, zu treffen. Sie war vierzig Jahre lang Krankenschwester im Vereinigten Königreich, und als ihr Mann, ein Arzt, starb, kehrte sie in das Haus zurück, das sie und ihr Ehemann in Kottayam gebaut hatten, und ließ ihre Kinder und deren Kinder in England zurück.

Kurien verlor seine Mutter, als er noch sehr klein war, und sein Vater, ein Angestellter im Finanzamt, heiratete nicht wieder, wandte sich dem Alkohol zu, verlor alles und starb an einer Straßenecke. Seit seinem zehnten Lebensjahr arbeitete Kurien in einem Kuhstall, setzte sein Studium fort, machte sein Abitur und absolvierte dann einen einjährigen Zertifikatskurs in Schweinehaltung.

Am zweiten Tag mit der Schwester seines Vaters sah Kurien gegen sieben Uhr abends eine junge schwangere Frau allein im Jubilee Park neben dem Haus seiner Tante sitzen. Er erkannte, dass sie Hilfe brauchte. Es nieselte und es wurde dunkel; er ging zu ihr hin. Seinem schweinischen Gespür entnahm er, dass sie sich in der letzten Phase ihrer Schwangerschaft befand und sofortige Hilfe benötigte. Die Frau sagte ihm, sie könne nirgendwo hin, und Kurien bat sie, mit ihm zum Haus seiner Tante zu gehen, ohne an irgendetwas zu denken. Sie konnte nicht gehen; Kurien trug sie in seinen Armen.

Mariam verschwendete keine Zeit. Sie brachte Emily ins Haus, wusch sie mit warmem Wasser, gab ihr nahrhaftes Essen und massierte ihre Beine und Arme. Die ganze Nacht über schlief sie nicht und blieb bei der schwangeren Frau. Pünktlich um fünf nach vier am nächsten Tag brachte Emily ihr Kind zur Welt. Kurien war da, um seiner Tante die Nacht hindurch beizustehen, und er war der erste, der das Kind berührte, da ihm seine Erfahrungen im Schweinestall von George Mooken sehr geholfen hatten.

Am siebten Tag brachte Mariam den Säugling in ihre Pfarrkirche; Emily und Kurien folgten ihr. Sie tauften das Kind; Mariam schlug Thomas als Namen für das Kind vor, in Erinnerung an den heiligen Thomas den Apostel, den Gründer des Christentums in Kerala. Der Priester sprach Gebete auf Aramäisch-Syrisch und Malayalam.

Mariam organisierte ein Fest und lud den Pfarrer, den Küster, die Messdiener und ihre unmittelbaren Nachbarn für diesen Abend ein.

Kurien verlängerte seinen Urlaub um eine weitere Woche, insgesamt zehn Tage, und wollte nach Malabar zurückkehren, um Emily und Thoma Kunj am nächsten Tag in der Obhut von Mariam zu lassen. Er teilte Emily mit, dass er am darauffolgenden Tag zurückkehren würde. Emily sah ihn an und weinte leise.

"Willst du mit mir kommen? Ich arbeite in einem Schweinestall; ich habe nichts außer einer Hütte, die auf dem Land meines Arbeitgebers steht", sagte Kurien.

"Ich würde gerne mit dir überall auf der Welt hingehen; ich brauche keinen Reichtum, sondern nur Liebe und jemanden, den ich lieben kann", antwortete Emily.

"Bist du sicher?" Kurien wollte sich von Emily versichern lassen.

"Gewiss. Ich werde mit dir leben und mit dir sterben", sagte Emily.

Kurien und Emily erzählten Mariam von ihrer Entscheidung. Mariam brachte sie wieder zur Kirche, nachdem sie Emily ein Hochzeitskleid, Kurien einen Anzug und zwei Eheringe überreicht hatte. Vor dem Priester tauschten Emily und Kurien das Gelübde aus, ein Versprechen der Liebe und Hingabe, das sie sich gegenseitig gaben. Nach dem Aussprechen des Gelübdes tauschten sie die Eheringe am vierten Finger der linken Hand aus, da sie glaubten, dass der Ringfinger eine Vene hat, die direkt zu ihren Herzen führt. Daraufhin erklärte der Priester Emily und Kurien zu Mann und Frau.

"Ich erkläre euch nun zu Mann und Frau."

Schließlich segnete der Priester sie "im Namen des Vaters und des Sohnes und des Heiligen Geistes".

Mariam äußerte den Wunsch, Thoma Kunj zu adoptieren, damit Emily und Kurien nicht Opfer von Gerüchten und Rufmord werden. Sie liebte Thoma Kunj aufrichtig und war bereit, sich um ihn wie um ihren Enkel zu kümmern und ihn zu einem Arzt, Ingenieur oder IAS-Offizier auszubilden.

Emily konnte sich eine Welt ohne ihren Sohn und Ehemann nicht vorstellen.

Mariam wünschte sich jemanden, den sie im Alter lieben konnte, denn sie war ihres einsamen Lebens überdrüssig; dennoch verstand sie Emilys Liebe zu ihrem Sohn.

Emily schloss Thoma Kunj in ihr Herz, als sie mit dem Zug von Kottayam nach Thalassery fuhren.

Es war Emilys erste Reise nach Malabar, und sie mochte Ayyankunnu. Parvathy und George Mooken empfingen Emily, Thoma Kunj und Kurien mit offenen Armen und organisierten ein Fest für alle ihre Arbeiter in ihrem Farmhaus, um Emily und das Baby willkommen zu heißen. Parvathy unterhielt sich ununterbrochen mit Emily und drückte ihre Freude darüber aus, sie kennengelernt und als Nachbarin und Freundin gewonnen zu haben.

George Mooken und Parvathy schenkten Emily, Thoma Kunj und Kurien einen halben Hektar Land um ihre Unterkunft.

Kurien und Emily begannen ihr Leben in ihrer winzigen Hütte, und Parvathy und George Mooken versprachen, ihnen finanziell zu helfen, ein Haus zu bauen. Emily sagte ihnen, sie müsse arbeiten und erwarte keine direkte finanzielle Hilfe. Da sie aber kein Lehrerdiplom gemacht hatte, war sie nicht qualifiziert, um eine Stelle als Grundschullehrerin zu bekommen, und hatte auch kein College abgeschlossen, so dass sie für andere Stellen nicht in Frage kam.

Emily war zu jeder Arbeit bereit und erklärte sich bereit, im Kuhstall oder im Schweinestall zu arbeiten, aber Parvathy riet ihr davon ab.

Emily bewarb sich um eine Stelle als Kehrerin in der Schule, die zu ihrer Pfarrkirche gehörte. Das Gehalt kam von der Regierung, aber sie konnte dem Bischof, der die Schule leitete, kein saftiges Bestechungsgeld zahlen. George Mooken erzählte Emily, dass in einer Schule, die von der Regierung betrieben wurde, etwa zwei Kilometer von ihrem Haus entfernt, eine Stelle als Kehrerin frei war, und Emily bewarb sich darauf. Innerhalb von drei Monaten erhielt Emily eine Ernennungsurkunde vom Bildungsbeauftragten.

Der Pfarrer war unglücklich mit Emily, als sie die Stelle an der staatlichen Schule annahm. Sie erklärte dem Pfarrer, dass es für sie schwierig sei, das Schulgeld an die Kirche zu zahlen. In der staatlichen Schule war es jedoch nicht nötig, irgendetwas zu bezahlen, da das Kriterium für die Einstellung ihre Qualifikation war.

Als er fünf Jahre alt war, begann Thoma Kunj, die von der Kirche betriebene Schule zu besuchen, die nur fünf Minuten Fußweg von seinem Zuhause entfernt war. George Mooken spendete dem Pfarrer zehntausend Rupien, um einen Platz in der Schule zu bekommen. Thoma Kunj war ein lebhaftes Kind, das gut in der Schule und bei außerschulischen Aktivitäten war. Wie seine Mutter konnte er gut in Malayalam und Englisch sprechen; viele Lehrer waren neidisch auf ihn.

Thoma Kunj genoss es, Huckepack genommen zu werden, wobei er seine Arme um Kuriens Hals und seine Beine um seine Taille legte. Kurien liebte es, ihn auf seinem Rücken zu tragen, wann immer er Zeit hatte. Emily lachte oft laut, wenn sie Vater und Sohn beim Reiten beobachtete.

Die Familie reiste nach Kannur und Thalassery, verbrachte lange Stunden am Strand und spielte alle drei Monate mit Bällen im Sand. Abends sahen sie sich Malayalam- und Hollywood-Filme an, wohnten in einem Hotel und aßen gerne auswärts.

Zweimal reisten sie nach Kottayam und wohnten bei Mariam, und sie vergaß nie, Thoma Kunj und Emily eine Tasche voller Geschenke, darunter auch Kleidung, mitzugeben. Doch das plötzliche Ableben von Mariam setzte ihren Reisen nach Kottayam ein Ende.

Thoma Kunj liebte sowohl Kurien als auch Emily. Jeden Abend wartete er auf die Rückkehr seines Vaters nach langer Arbeit in der Schweinemast. Zweimal in der Woche fuhr Kurien mit einem Fahrer nach Bangalore, Mysore und anderen entfernten Orten in Karnataka, da Kurien dort den Vertrieb von Schweinefleisch in vielen Restaurants und Hotels leitete. Er vergaß nie, Geschenke für Thoma Kunj zu besorgen, insbesondere Bücher über Wissenschaft und Technik.

Kurien war Thoma Kunjs bester Freund, und Emily war sein Geschwisterchen. Er teilte ihr seine Wünsche und Erwartungen mit, und Emily hörte ihm eifrig zu. Nach dem plötzlichen Tod von Kurien sprach Emily mit Thoma Kunj über ihre Familie, ihre finanzielle Situation und ihre Pläne. Als er zwölf Jahre alt war, erzählte Emily ihm von ihrer Herkunft, die sie als intimes Geheimnis bewahrte. Emily respektierte Thoma Kunj und glaubte, dass er mit zwölf Jahren ein reifer Mensch sein würde, der komplexe menschliche Probleme verstehen konnte. Thoma Kunj stand seiner Mutter in all ihren Ängsten und Sorgen zur Seite.

Thoma Kunj liebte die Art, wie Emily aussah. Sie hatte einen seltenen Charme, und er fand, dass seine Mama wunderschön war. Er liebte es, ihr kurzes Haar zu kämmen, das dunkel und schön aussah.

Emily war ein aktives Mitglied der Frauengruppe in ihrer Nachbarschaft. Die Frauen mochten ihre Fähigkeit, zu sprechen und ihre Ideen in einer klaren Sprache auszudrücken. Sie besuchte viele Häuser und stand den Frauen und Mädchen zur Seite, um einige ihrer Probleme zu lösen, z. B. den Alkoholismus ihrer Ehemänner und die Gewalt in der Familie, deren Opfer meist Frauen waren.

Jeden Sonntagnachmittag brachte Emily Thoma Kunj zu einem Altersheim in der Stadt, das etwa zwölf Kilometer von ihrem Haus entfernt lag. Emily hatte ein Zweirad, das sie mühelos fuhr. In dem Altersheim lebten etwa fünfundsechzig Insassen, meist verwitwete und verstoßene Frauen. Die meisten Frauen waren im Alter zwischen fünfundsechzig und achtzig Jahren. Zahlreiche Freiwillige besuchten das Heim, um ehrenamtliche Arbeit zu leisten. Emily putzte und wischte den Speisesaal, die Aufenthaltsräume, die Schlafsäle und die Klosetts. Manchmal wusch sie die Kleidung der Insassen in der Waschmaschine, badete sie und trocknete ihre Körper mit Handtüchern. Thoma Kunj war immer bei Emily, und er half seiner Mutter bei der Arbeit. Er entwickelte eine Zuneigung und Liebe zu älteren Menschen und versuchte, ihre Gefühle zu verstehen, insbesondere ihre Ängste, Sorgen, Traurigkeit und ihren Kummer. Er wusste, dass verwitwete Frauen von ihren Söhnen aus dem Haus gedrängt wurden und einige ein elendes Leben an Straßenecken führten. Die meisten Fenster wurden von ihren nahen Verwandten, vor allem ihren Kindern, in Heimen gehalten. Thoma Kunj hörte sich ihre Geschichten mit großem Mitgefühl an. Diese Frauen hatten mit einigen Problemen zu kämpfen: Sie überlebten ihre Ehemänner, die Kinder ließen sich im Ausland nieder, und einige Frauen vererbten ihr gesamtes Vermögen an die Kinder, im Vertrauen darauf, dass diese sich im Alter um sie kümmern würden.

Die Nähe und Verwandtschaft mit den Ausgestoßenen beeinflusste Thoma Kunj bei der Entwicklung seines Lebensziels, der Selbstentfremdung. Er fühlte sich eins mit allen Insassen des Heims; ihre Geschichten waren seine Geschichte, ihr Schmerz war sein Schmerz, ihre Hoffnung war seine Hoffnung, und ihre Freude war seine Freude. Seine Vorstellung vom Sinn des menschlichen Lebens ergab sich aus der Gesamtheit seiner Erfahrungen mit anderen, und sie wuchs wie ein Banyanbaum, der allen Schatten spendete. Er überwand seine eigene Existenz und nahm die Gefühle der anderen an, indem er eine gleiche Verantwortung für das Wohlergehen des anderen entwickelte, da es keinen Unterschied zwischen ihm und dem anderen gab.

Thoma Kunj vergaß sich selbst; er entwickelte sich als der Andere.

Emilys Inspiration für das emotionale und psychologische Wachstum von Thoma Kunj zeigte sich in seinen Worten und Taten. Er wuchs ohne ein dominantes Ego auf, das sein Leben und seine Zukunft bestimmte. Emily war das Zentrum seiner Anziehungskraft; ihre Zuneigung für andere, ihre Einfachheit, ihr Mut und ihre Geradlinigkeit faszinierten ihn.

Emily wurde als eine der Vertreterinnen der Frauen in den örtlichen Gemeinderat gewählt. Dem Gremium gehörten drei Frauen und sieben männliche Mitglieder an. Die beiden anderen Frauen waren Nonnen aus den Klöstern, die als Lehrerinnen in der Pfarrschule tätig waren. Die Nonnen zeigten stets ihre Überlegenheit, da sie Akademikerinnen und Lehrerinnen waren. Sie behandelten Emily wie eine Unberührbare, eine Frau ohne jeglichen Status in der Gesellschaft. Sie waren eifersüchtig, weil Emily eine bessere Rednerin war, die ihre Ideen effektiv vermitteln konnte. Sie waren neidisch, weil Emily besser Englisch konnte und keine Angst hatte; sie äußerte offen ihre Meinung.

Der Pfarrer riet den Frauen davon ab, in der Pfarrgemeinderatssitzung zu sprechen, und die Nonnen hielten ein tiefes Schweigen. Immer wenn Emily etwas sagen wollte, erinnerte der Pfarrer sie daran, dass die Sitzung für Männer sei und die Frauen die Aufgabe hätten, dem Pfarrer zuzuhören. Emily brachte ihre Uneinigkeit mit dem Pfarrer zum Ausdruck, und allmählich wurde es zur Gewohnheit, dass der Vikar sich darüber lustig machte, dass sie die

Bibel nicht gelesen hatte, um die Stellung der Frau in der Kirche zu kennen. Die meisten Männer stimmten dem Pfarrer zu und tadelten Emily für ihr selbstbewusstes Verhalten. Sie sagten, eine Frau dürfe vor dem Pfarrer nicht dreist sein.

Der Pfarrer nahm die Bibel zur Hand und las den ersten Brief des Paulus an Timotheus vor:

"Ich erlaube nicht, dass eine Frau lehrt oder sich Autorität gegenüber einem Mann anmaßt; sie soll still sein."

Nachdem er diese Passage gelesen hatte, sagte der Priester, dass Frauen in der Kirche und in der Gesellschaft nur eine untergeordnete Stellung hätten. Sie müssten den Männern gehorchen, insbesondere dem Pfarrer.

Emily sagte nichts. Sie bewahrte ein nachdenkliches Schweigen.

Bei einer anderen Gelegenheit wollte Emily über Mädchen in der Gemeinde sprechen, denen eine Hochschulausbildung verweigert wurde, da viele Eltern ihren Söhnen eine höhere Ausbildung vorzogen. Der Pfarrer forderte sie auf, den Mund zu halten, und sagte ihr, sie hätte in ihrer Familie und in der Kirche schweigen müssen. Sie dürfe nicht sprechen, sondern müsse sich unterordnen.

Emily sagte dem Priester, er befinde sich immer noch im Mittelalter; die Welt habe sich seit Jahrhunderten drastisch verändert, und die Frauen seien zu Namen und Ruhm gelangt. Außerdem könne keine Kultur oder Zivilisation ohne die Beteiligung von Frauen überleben.

Der Pfarrer gestikulierte heftig und brüllte Emily an. Die beiden Nonnen und fast alle Männer unterstützten den Pfarrer dabei, Emily zu beschimpfen. Aber Emily sagte dem Pfarrer, er sei der schlimmste Frauenfeind, den sie je gesehen habe. Der Pfarrer war wütend und entfernte Emily aus dem Pfarrgemeinderat. Bei der nächsten Sitzung wurde eine andere Nonne in das Gremium gewählt.

Emily ließ sich davon nicht beeindrucken und besprach alles mit Kurien, der ihr sagte, sie könnten auch ohne Kirche und Gott leben. Obwohl beide einen erheblichen Einfluss auf das Leben der Menschen hätten, sei es einfach, ohne sie zu leben, wenn sie sich entschließen würden, sie abzulehnen. Betrachten Sie Religion und Gott als mythisch und abergläubisch, unterdrückerisch und patriarchalisch, als bösartige Auswüchse des evolutionären Prozesses der Kultur. Männer haben die Religion für Männer geschaffen, um Frauen zu unterdrücken und sie in Sklaverei und sexueller Unterdrückung zu halten. Die Geschichte zeigt, dass Männer die Religion als Waffe einsetzten, um vernünftige Stimmen, sozialen Fortschritt und Demokratie zu unterdrücken. Die Religion war immer gegen Demokratie und Aufklärung. Emily hörte Kurien mit Interesse zu, denn ihr Mann verstand die Sehnsucht der Frauen nach Freiheit und Gleichberechtigung, insbesondere die seiner Frau. Er stand ihr in ihrer Not wie ein Fels zur Seite.

Emily und Kurien liebten und schätzten die Gesellschaft des jeweils anderen, und Thoma Kunj lernte von ihnen grundlegende Lektionen der Zuneigung. Ihre Anwesenheit war eine Bereicherung für ihn, und er beobachtete sie genau in ihren Worten und Handlungen. Sie waren immer eine Inspiration für ihn.

In Anlehnung an seine Mutter und seinen Vater entwickelte Thoma Kunj eine Lebensphilosophie jenseits des Egoismus. Jeder hatte einen Platz, an dem er in Würde leben konnte, denn er liebte es, die Geschenke seiner Eltern George Mooken und Parvathy mit den anderen Schülern seiner Schule zu teilen. Von Kindheit an verstand er, dass auch andere Schmerzen und Sorgen, Ängste und Traurigkeit hatten, die sich negativ auf das Leben aller auswirken konnten, und dass er die Pflicht hatte, ihnen zu helfen, ihr Leben zu genießen. Er lehnte es ab, Lügen zu erzählen, und verzichtete darauf, anderen Schmerz zuzufügen. Andere Schüler hatten den gleichen Wunsch wie er, ähnliche Gefühle, die er in seinem Herzen trug, und ähnliche Sorgen, die er in sich trug. Er stellte fest, dass sich fast alle Jungen und Mädchen bis zur vierten Klasse mitfühlend und rücksichtsvoll verhielten. Sobald sie in die fünfte Klasse kamen oder zehn Jahre alt waren, verloren sie immer mehr Mitgefühl und Gleichmut. Thoma Kunj hatte den Wunsch, so zu bleiben, wie er war, und das zu praktizieren, was er von seinen Eltern gelernt hatte, und die Werte, die sie ihm eingeimpft hatten. Aber das führte zu Belastungen und Konflikten in seinem Leben, da andere ihn mit

Zweifeln beobachteten, boshafte Bemerkungen über ihn machten und ihn manchmal zum Opfer boshafter Pläne machten.

Wenn er mit seinen Eltern oder allein reiste, ging er höflich mit seinen Mitreisenden um; manchmal wurde sein Verhalten falsch interpretiert. Er lernte, dass er nicht zu freundlich zu anderen sein sollte, vor allem nicht zu Fremden. Thoma Kunj hatte seinen ersten Flug vom Flughafen Calicut nach Kochi, und er war entsetzt, als er sah, wie sich die Passagiere gegenseitig zum Eingang des Flugzeugs drängten und mit den Ellbogen stießen. Dasselbe Verhalten konnte er beim Aussteigen aus dem Flugzeug beobachten, das er in großen Städten und auf Marktplätzen beobachtete. Das grundlegende menschliche Verhalten war in allen Situationen gleich und konnte nicht geändert werden, da sich die Menschen unter extremen Bedingungen wie Tiere verhielten. Es gab keinen Unterschied zwischen den Handlungen der hochgebildeten, mächtigen, wohlhabenden und einflussreichen Menschen und den ungebildeten, schwachen, armen und einflusslosen Menschen, erfuhr Thoma Kunj, als er die Geschichte der Opfer des Flugzeugabsturzes in den Anden las. Einige Passagiere überlebten, bis die Suchtrupps eintrafen, indem sie auf Kannibalismus zurückgriffen.

Thoma Kunj konnte nicht mit denjenigen übereinstimmen, die die Position von Kapitän Dudley von der Mignonette unterstützten, der zusammen mit seinen beiden Matrosen Richard Parker, den Kabinenjungen, tötete und aß. Sie hatten im

Südatlantik Schiffbruch erlitten und hatten neunzehn Tage lang nichts gegessen. Die Tötung und der Verzehr des Kajütenjungen war ihre einzige Möglichkeit. Thoma Kunj dachte über die Natur der Gesetze nach, die das kollektive Leben der Menschen regeln. Er entwickelte ein Wertesystem, wonach bestimmte Pflichten und Rechte aus Gründen, die von den sozialen Folgen unabhängig sind, von der Gesellschaft respektiert werden sollten. Die Menschen waren biologisch egozentrisch und verhielten sich zu ihrem eigenen Vorteil, wie jedes andere Tier auch, aber Thoma Kunj wollte anders sein; er wollte selbstlos leben und die Gefühle anderer respektieren.

Thoma Kunj wurde einsam und schweigsam und konfrontierte überall mit Fehlverhalten, besonders in der Schule. Seine Freunde wurden immer selbstbewusster, interessierten sich für ihre eigene Entwicklung und erniedrigten folglich andere. Die meisten Lehrer förderten Individualität und persönliche Leistung; das schmerzte Thoma Kunj. Als er für die Teilnahme an der Parade zum Tag der Republik ausgewählt wurde, tratschten fast alle seine Freunde gegen ihn, anstatt ihn zu loben und zu ermutigen. Plötzlich wurde er zur Zielscheibe ihres Neides, aber für Thoma Kunj hatte er ihnen nie etwas weggenommen, sie schlecht gemacht oder verletzt.

Er sah eine große Kluft zwischen ihm und seinen Freunden, die nur schwer zu überbrücken war.

"Er ist der Sohn eines Kehrers, wie konnten sie ihn auswählen?", fragten einige. Für sie war das Kriterium für die Auswahl der Status der Eltern, ihr sozialer Hintergrund und ihre finanziellen Verhältnisse.

"Sein toter Vater arbeitete in einer Schweinemastanlage, und er nimmt an der Parade zum Tag der Republik teil", sagten einige Lehrer.

Thoma Kunj empfand Mitleid mit seinen Lehrern. Ihr Menschenbild war engstirnig, engstirnig, wertesystemverachtend und ohne Selbstachtung.

Der Maßstab für die Messung menschlicher Fähigkeiten und des Menschseins war ein anderer. Die Lehrer und Schüler sahen darin keine kollektive Leistung, keinen gemeinsamen Grund zum Feiern und zur Freude. Stattdessen schürten sie Hass und Eifersucht. Thoma Kunj nahm niemandem etwas weg; seine Auswahl zur Teilnahme an der Parade zum Tag der Republik beruhte auf klaren, spezifischen und selbstbewussten Entscheidungen, und er erfüllte diese Kriterien. Dennoch glaubte Thoma Kunj nicht, dass er verdienstvoller war, da Verdienst kein Auswahlkriterium sein sollte, weil es das Ergebnis eines bestimmten sozialen und psychologischen Hintergrunds war, den andere vielleicht nicht hatten. Die Anstrengung war also kein Grund für Verdienst.

Aber Thoma Kunj erfuhr von seinen Freunden Ablehnung aufgrund seiner Herkunft und seiner Verdienste; beides war nicht sein Werk, und er wollte beides anprangern. Sein Leben war ein Experiment, um anders zu sein; er sehnte sich nach einer anderen Wahrnehmung des Lebens und betrachtete die Ereignisse durch ein selbstloses Prisma des Lebens.

Niemand hat ihm das beigebracht, aber es war eine Erleuchtung, ein neues Bewusstsein, und es ging darum, niemanden zu verletzen. Er wollte nicht lügen oder sich verteidigen und wollte schweigen. Der Verlust seines Vaters prägte ihn in diesem neuen Entwicklungsprozess. Er versetzte sich in die Lage anderer, und andere sahen ihn nicht als selbstlosen Menschen, oder sie versagten darin, selbstlos und nicht egozentrisch zu sein.

Es war ein Kampf für Thoma Kunj, wie Emilys Kampf mit dem Pfarrer. Es war schmerzhaft und schwer zu vergessen, denn das Selbst brauchte ständiges Training. Er beobachtete andere, lernte, dass jeder Mensch ein Ziel im Leben hatte und danach strebte, es zu erreichen. Jeder hatte eine traurige und eine glückliche Vergangenheit, die ebenso schmerzhaft oder wertvoll war wie seine eigene.

Die Arbeit mit seiner Mutter Emily im Altersheim war eine Metanoia; sie veränderte seinen Geist, sein Herz und seine Lebensweise. Er begann, andere in sich selbst und sich selbst in anderen zu sehen. Aber als er einmal auf einen Mitmenschen wütend wurde, änderte das sein Leben drastisch. Er hatte nie die Absicht, Appu zu schlagen, aber es geschah trotzdem. Das hatte schmerzhafte Folgen. Es reichte nicht aus, sich um ein friedliches Zusammenleben zu bemühen; Feinde konnten aus dem Nichts auftauchen. Das geschah auch mit Emily.

Der Pfarrer mochte es nicht, wenn Emily in der Pfarrgemeinderatssitzung Fragen stellte. Obwohl er sie aus dem Rat ausschloss, hegte er in Gedanken einen Groll gegen sie. Wann immer sich eine Gelegenheit bot, versuchte er, Emily öffentlich zu demütigen. Aber Emily konnte logisch und bescheiden sprechen und die Arroganz und Ignoranz des Pfarrers entlarven. Der Pfarrer dachte daran, sie in seiner Sonntagspredigt in Verlegenheit zu bringen, wenn sie keine Gelegenheit zum Reden bekam. Der Pfarrer wusste, dass Emily regelmäßig am Sonntagsgottesdienst teilnahm, und plante, Emily während seiner Predigt zu züchtigen. Seine Sonntagspredigten stammten hauptsächlich aus den Evangelien und den Apostelbriefen, und an vielen Sonntagen suchte er nach einem Zitat des heiligen Paulus.

An diesem Sonntag war die Lesung aus dem ersten Korintherbrief, Kapitel elf, und seine Predigt bezog sich auf diese Lesung. Mit klarer Stimme wiederholte er, was er gelesen hatte.

"Der Mann ist die Herrlichkeit Gottes, und deshalb soll er sein Haupt nicht bedeckt halten. Die Frau ist die Herrlichkeit des Mannes." Dann blickte er auf die in der Kirche versammelten Gläubigen, und seine Augen suchten nach Emily wie ein wilder Weißkopfseeadler auf der Jagd nach einem Kaninchen. Sie saß in der zweiten Reihe der Kirchenbänke; sie hatte ihren Kopf in der Kirche nie bedeckt und ihr kurzes Haar entblößt.

Wie zu den Gläubigen gewandt, fuhr er in seiner Predigt fort: "Eine Frau sollte ihren Kopf bedecken."

Emily war die einzige Frau, die sich weigerte, ihren Kopf in der Kirche zu bedecken, und sie verstand, dass der Priester von ihr sprach. Frauen und Männer sahen Emily mit bösartiger Neugierde an, und einige begannen zu tratschen. Der Pfarrer war froh, dass Emily und die Gemeinde den tieferen Sinn seiner Worte verstanden hatten.

Noch einmal schaute der Priester Emily an und sagte:

"Es ist eine Schande für eine Frau, ihr Haar abzuschneiden."

Nach einigen Sekunden des Schweigens sprach der Priester erneut:

"Wenn es dem Ehemann an Gnade mangelt, ist das, was die Frau tut, sein Ruhm."

Der Priester hatte es auf ihren toten Ehemann abgesehen. Kurien war nicht gläubig und besuchte nie den Gottesdienst in einer Kirche. Es war irreligiös, dass ein Priester schlecht über eine Person sprach, die nicht mehr lebte, und das auch noch von der Kanzel aus. Ein böser Akt hatte keine Schärfe, und ein Pfarrer konnte sehr böse werden, sobald er uneingeschränkte Macht erhielt, und die Zuhörer konnten nicht reagieren und durften nicht kontern. Kurien hatte ein goldenes Herz und war ein Edelmann gegenüber dem Pfarrer. Emilys Herz brannte, und ihr Blut kochte. Aber die Gesellschaft hinderte sie daran, zu reagieren, denn die Kirche war ein geweihter Ort, an dem der Priester Brot und Wein in den Leib und das Blut Christi verwandelte, um an das letzte Abendmahl und die Kreuzigung zu erinnern. Der Priester hätte nicht schlecht über einen Toten und die körperliche Erscheinung seiner Frau sprechen dürfen. Die Frisur war die persönliche Entscheidung einer Frau, ein Ausdruck ihrer Freiheit und Gleichheit; kein Priester, keine Kirche hatte die Macht, sie zu verleugnen oder schlecht über sie zu sprechen.

Kurien hatte nichts dagegen, dass Emily ihr Haar stutzte; er freute sich über ihre Frisur und ermutigte sie stets, eine freie Frau zu sein, die ihren Bedürfnissen und ihrer Wahl entspricht. Als Emily den Priester ansah, wollte sie schreien: "Halt dein verdorbenes Maul, sprich nicht schlecht über Frauen", aber sie beherrschte sich. Im ersten Jahrhundert schrieb ein Verrückter aus Tarsus, ein griechischer Fanatiker und männlicher Chauvinist, idiotische Briefe an die Männer von Korinth. Er wollte die fortschrittlichen Frauen kontrollieren, die ihren Männern immer einen Schritt voraus waren. Sein Name war Paulus, und er behauptete, ein Jünger Jesu zu sein, obwohl er Jesus nie begegnet war. Aber Paulus verwandelte Jesus in Christus, ein imaginäres Wesen, eine Verschmelzung von Mensch und Gott, einen geschlechtslosen Sohn Gottes.

Paulus war ein Witzbold, ein Unterdrücker, ein Fundamentalist, der die Erfahrung machte, Frauen zu unterdrücken, die mit Jesus befreundet waren, die immer mit ihm gingen und seinen Gleichnissen zuhörten. Sie waren bei ihm, als er von einem männlichen Jünger, Judas Iskariot, verraten wurde. Ein anderer männlicher Jünger, Petrus, lief von Jesus weg, als dieser nach Golgatha gebracht wurde. Als die

Römer ihn kreuzigten, waren seine weiblichen Freunde bei ihm; alle Männer, außer Johannes, verschwanden und versteckten sich in der Dunkelheit, um sich zu retten. Maria Magdalena verbrachte drei Nächte an seinem Grab, und als er auferweckt wurde, war sie die erste, die ihn sah. Sie war wie betäubt vor Freude und Glück und nannte ihn "mein Herr", eine Bezeichnung, die im Hebräischen und Aramäischen für Ehemann verwendet wird.

Die männlichen Jünger Jesu wollten Maria Magdalena, ihren Ehemann, verleugnen. Sie versuchten, sie ihrer Stellung und ihrer Intimität zu berauben, und nannten sie eine Prostituierte. Die männlichen Jünger Jesu verweigerten den Frauen ihre rechtmäßige Stellung in der Kirche. Und Emily dachte, der Priester täte dasselbe. Selbst nach zwanzig Jahrhunderten lebte die Kirche noch in dieser Verleugnung. Sie wollte eine Organisation von Frauenhassern sein. Emily erhob sich von ihrem Platz; sie sah sich um; die ganze Gemeinde sah sie an.

"Ich schäme mich für den Vikar. Seine Worte sind nicht von Jesus; er missbraucht die Kanzel, um schlecht über eine Witwe zu sprechen; ich protestiere gegen seine erniedrigenden Worte über meinen verstorbenen Mann. Obwohl er ein Atheist war, hat er nie jemandem etwas zuleide getan oder schlecht über andere gesprochen. Wenn der Geistliche an Gott glaubt, muss er sich vor ihm verantworten", sagte Emily ruhig und ging hinaus.

In der Kirche war es mucksmäuschenstill. Die Gemeinde schaute den Pfarrer ungläubig an, und niemand konnte verstehen, was der Prediger in seiner restlichen Predigt sagte.

Die Sonntagspredigt führte zu nicht enden wollenden Auseinandersetzungen, Spannungen und Konflikten unter den Gemeindemitgliedern, die sich über viele Monate hinzogen. Sie spaltete die Gläubigen in drei eindeutige Gruppen: diejenigen, die den Pfarrer unterstützten, bildeten die größte Mehrheit. Sie hatten Angst vor dem Priester und dem Bischof, fürchteten sich vor dem Fluch des Priesters, der Verweigerung der Taufe, der Trauung und der Bestattung auf dem kirchlichen Friedhof. Um eine Anstellung in den von der Kirche geleiteten Schulen, Hochschulen, Krankenhäusern und anderen Einrichtungen zu erhalten, brauchten sie die Unterstützung und Empfehlung der Priester und des Bischofs, auch wenn die Gemeindemitglieder Schmiergelder zahlen mussten. Einige nahmen eine neutrale Position ein. Der Missbrauch einer Frau während der Predigt war kein Thema; sie waren egozentrisch. Eine kleine Minderheit protestierte heftig gegen die Beschimpfungen des Priesters während seiner Sonntagsrede. Sie unterstützten Emily nicht ausdrücklich, sondern protestierten gegen die mutwilligen Worte des Pfarrers gegenüber einer Frau und ihrem toten Ehemann. Es gab nur ein halbes Dutzend solcher Gemeindemitglieder, und sie waren sehr lautstark.

Nach sechs Monaten erhielt Emily eine Nachricht vom Bischof, dass er sie im Bischofssitz in der Stadt zu sehen wünschte. Nach dem Tod von Kurien reiste Emily nicht ein einziges Mal in die Stadt; es gab niemanden, der sie begleitete. Sie wollte weder einen Tag Urlaub von der Schule nehmen noch Thoma Kunj bitten, seinen Unterricht zu versäumen, um sie zu begleiten. Nach einem Monat teilte der Bischof Emily über den Pfarrer seinen Unmut mit. Er schickte einen Brief an den Pfarrer, der während einer Sonntagspredigt verlesen werden sollte. In diesem Brief forderte der Bischof nachdrücklich, dass kein Gemeindemitglied ohne Erlaubnis des Pfarrers in der Kirche sprechen dürfe. Es sei nicht zulässig, während oder nach der Predigt mit dem Pfarrer zu diskutieren oder Gegenfragen zu stellen, und wer dies wagen würde, müsse mit der Exkommunikation rechnen. Die Botschaft des Bischofs war eine deutliche und strenge Warnung an die Gläubigen. Über das Vergehen des Pfarrers, der Emily während seiner Sonntagsrede beschimpft hatte, schwieg er sich bequemerweise aus.

Das Schreiben des Bischofs gab dem Vikar neuen Schwung, eine Lizenz, jeden zu missbrauchen, sogar während des Sonntagsgottesdienstes. Er freute sich über seine Freiheit und Macht und sehnte sich nach einer Gelegenheit, sie an Emily zu testen. Er wusste, dass nicht viele die Witwe offen unterstützten, weil sie Klatsch und Tratsch fürchteten. Der Pfarrer probte seine Rede viele Male, hauptsächlich im Badezimmer. Emilys Gesicht tauchte immer wieder vor ihm auf, und die verborgene Wertschätzung für ihr Aussehen und ihren persönlichen Mut erfüllten sein Herz. Bewusst initiierte er sexuelle Fantasien über sie, Umarmungen und Liebe machen. Aber er fühlte sich oft niedergeschlagen, weil es ihm nicht gelang, seine Triebe zu befriedigen, und Emily blieb eine Zielscheibe seines psychischen Missbrauchs. Das erotische Verlangen des Priesters überwältigte ihn und stürzte ihn in eine Hölle aus Verzweiflung, Frustration und Hass. Jedes Mal, wenn er die Kanzel betrat, suchten seine Augen die Gemeinde nach Emily ab.

Emily ging viele Wochen lang nicht mehr in die Kirche; sie wollte einem Hassprediger nicht zuhören. Es war ein Sonntag, der zweite Todestag von Kurien, und Emily dachte daran, in die Kirche zu gehen; und wie immer war die Kirche mit Gläubigen gefüllt. Emily war die einzige Frau, die ihren Kopf nicht bedeckte; ihre Entscheidung beruhte auf der Ablehnung auferlegter Werte, einer Rebellion gegen die Lehren des Paulus und den Zwang der Frauen, Sklaven der Männer zu sein. Es war auch eine Revolte gegen die Kirche, den Bischof und die Priester, die predigten, Frauen zu unterdrücken und sie als bloße Sexualobjekte zu benutzen.

Die zweite Lesung stammte aus dem Johannesevangelium: "Ich bin das Licht der Welt. Wer mir nachfolgt, wandelt nicht in der Finsternis, sondern wird das Licht des Lebens haben." Der Priester begann die Predigt mit der ersten Lesung aus dem Paulusbrief und ignorierte dabei das Evangelium: "Euer Leib ist nicht für die Unzucht bestimmt, sondern für den Herrn, und der Herr für den Leib."

Der Priester hielt eine Minute inne und schaute in die Gemeinde, um bestimmte Gesichter zu erkunden. Er sah Emily in der mittleren Reihe; sie hörte seinen Worten aufmerksam zu. Dann las er ein weiteres Paulus-Zitat vor: "Jeder, der sich mit einer Prostituierten einlässt, wird eins mit ihrem Körper." Emily dachte an die Irrelevanz der Passage in diesem speziellen Kontext, da es in der Evangeliumslesung um Jesus als das Licht und darum ging, ihm in seinem Licht zu folgen. In der Predigt hingegen ging es um Prostitution.

Es entstand eine lange Pause, und der Priester sah Emily wieder an. Dann sagte er mit lauter Stimme: "Wir lehnen es ab, mit einer Prostituierten unter uns zu sein." Die Gläubigen waren fassungslos und sahen sich gegenseitig an.

"Euer Körper ist ein Tempel des Heiligen Geistes. Ehrt Gott mit eurem Körper", sagte er, während er die Gemeindemitglieder ansah und die Bandbreite der Gefühle auf ihren Gesichtern überprüfte. "Meine lieben Leute, es gibt eine Veshya unter uns. Sie ist ein schwarzer Fleck auf unserer Gemeinde. Kein Veshya sollte bei uns sein." Der Prediger betonte das Malayalam-Wort 'veshya' für eine Prostituierte.

"Ich befehle der Veshya, die Kirche zu verlassen", donnerte der Priester und sah Emily an.

Emily spürte einen Schauer in ihrem Körper. Der Priester beschuldigte Emily des sexuellen Vergehens und demütigte sie während einer Sonntagsmesse vor den Gemeindemitgliedern in der Kirche.

"Ich bin keine Veshya; Sie beschuldigen mich zu Unrecht", stand Emily von ihrem Platz auf und brüllte. Ihre Stimme hallte in den Kirchenmauern wider, und die Gemeinde sah sie ungläubig an.

Dann verließ Emily die Kirche. Sie weinte nicht, aber ihr Herz zersprang. Vor dem riesigen Kreuz vor der Kirche, das wie ein einsames prähistorisches Stonehenge aussah, betrachtete Emily eine Minute lang den nackten Körper des Opfers.

"Nur du und ich sind nicht in der Kirche", murmelte sie.

Jesus schwieg.

"Warum sollten wir drinnen sein, in einer Hölle des Hasses und der Erniedrigung?", fragte sie den gekreuzigten Retter.

"Es ist besser, hier zu sein, Emily, und zu hängen", hörte sie, als ob Jesus sie einladen würde.

"Es ist besser, bei dir zu sein, dich zu umarmen", sagte sie, als sie wegging.

Die Straße war leer.

Thoma Kunj bereitete sich darauf vor, in die Kirche zu gehen, um am Katechismus und am Glaubensunterricht für katholische Kinder teilzunehmen. Im Katechismusunterricht ging es hauptsächlich um das Neue Testament, die Geschichte über die Dreifaltigkeit, die Geburt und den Tod Jesu, die Kirche, das Glaubensbekenntnis, Gebete, Sakramente und Moral. Das letzte Wort im Katechismusunterricht hatte der Vikar.

"Warum ist Mama so früh zurückgekommen?", fragte er sich.

"Mama, was ist mit dir passiert? Geht es dir nicht gut?" fragte er.

"Nichts", sagte sie und ging hinein.

Emily war ein anderer Mensch; sie verlor das Interesse am Leben. Sie ließ sich für zwei Wochen von der Schule beurlauben, was ungewöhnlich war. Es sah so aus, als ob sie versuchte, ein Rätsel zu lösen, das keine Lösung hatte, denn sie konnte die Beleidigung in der Kirche während einer Predigt, bei der fast alle Gemeindemitglieder anwesend waren, nicht verdauen. Der Prediger nannte sie eine Veshya, das schändlichste Wort in jeder Sprache, ein Rufmord, ein grausamer Scherz. Der Priester stellte die Persönlichkeit, das Verhalten und die Würde einer Witwe, einer Mutter und eines Kirchenmitglieds in Frage. Emily wollte tagelang weinen, denn Weinen würde ihr helfen, es würde den vom Priester geäußerten Hass wegspülen, eine Gelegenheit, Kummer und Schmerz wie einen Vulkan zum Ausbruch zu bringen. Sie versuchte immer wieder zu weinen, zu schreien und zu brüllen und wollte dem Pfarrer sagen, dass sein Verhalten gegen den Geist Jesu verstößt, der sich in seinem Leben ausdrückt.

Ein geringes Selbstwertgefühl bedrückte Emily und brachte Gefühle der Ablehnung mit sich, als ob niemand sie haben wollte. Sie fühlte sich wertlos, wie ein streunender Hund, der an den Straßenecken nach Mitleid sucht. Ihre Gedanken wanderten ziellos umher wie die eines Vagabunden, ohne Lebenssinn, ein zielloses Umherziehen. Sie musste sich häufig übergeben und konnte weder essen noch trinken; Abscheu und Angst verschlangen ihr Inneres. Mit weit aufgerissenen Augen, die furchtbare Situationen untersuchten, als wolle sie sie zermalmen, sie ganz und gar in unergründliche Schluchten stürzen, blickte sie ins Leere.

Es war eine Beleidigung für sie, eine Beleidigung ihrer Existenz, ihrer Person, ihrer Gefühle, ihrer Wünsche, ihrer Hoffnung, ihrer Familie und ihres Lebens. Die Angst, die von dieser Beleidigung ausging, verletzte ihren Geist und ihr Herz. Sie weigerte sich sogar, mit Thoma Kunj zu sprechen, der sie anflehte, ihm zu erzählen, was mit ihr geschehen war. Thoma Kunj umarmte seine Mama und sagte ihr, dass er sie liebe, sich um sie sorge und nur für sie lebe. Emily sah ihren Sohn lange Zeit schweigend an. Doch ihr Blick war leer.

"Mon, ich kann nicht mehr", sagte sie.

"Erzähl mir, was dir passiert ist", fragte er.

"Der Pfarrer hat mich während seiner Predigt beleidigt", antwortete sie.

"Mama, ich bin bei dir, ich werde ihn bitten, sich zu entschuldigen", versuchte er sie zu trösten.

"Er hat mich vor der ganzen Gemeinde eine Veshya genannt. Das hat mein Selbstwertgefühl zerstört, meine Würde als Mensch", sagte Emily.

"Mama, ich werde den Pfarrer zur Rede stellen und ihn zwingen, sich zu entschuldigen. Er muss dich hier in unserem Haus besuchen und dich um Verzeihung bitten. Ich werde sehen, er wird es tun", sagte Thoma Kunj.

"Ich will sein Gesicht nicht sehen", antwortete sie.

"Dann werde ich ihn bitten, an einem Sonntag vor der Gemeinde sein Bedauern auszudrücken", beharrte er.

Thoma Kunj lief zur Kirche.

Der Priester ging in der Abendsonne mit einem anderen Priester zügig auf dem Boden in der Nähe seines Hauses spazieren. Thoma Kunj nahm all seinen Mut zusammen und sagte dem Priester, dass es falsch sei, seine Mutter während seiner Sonntagspredigt zu beleidigen, und dass er sein Bedauern während des Sonntagsgottesdienstes vor der Gemeinde zum Ausdruck bringen sollte. Der Priester lachte ihn aus und sagte ihm, seine Mutter sei eine Veshya, da Thoma Kunj vor ihrer Heirat mit Kurien geboren wurde. Thoma Kunj sagte ihm, dass das, was er gesagt habe, beleidigend sei und einen Rufmord an einer Frau darstelle. Es ginge ihn nichts an, die Geschichte seiner Mutter vor den Gemeindemitgliedern zu lesen. Außerdem hatte seine Mutter ihm von seiner Geburt erzählt. Der Priester erinnerte Thoma Kunj wütend daran, dass er in Sünde geboren wurde. Thoma Kunj sah den Priester eine Minute lang an und bat ihn, das Evangelium über die Geburt Jesu vorzulesen, da auch er ohne Vater geboren wurde; Maria war ledig. Als er Thoma Kunj hörte, wurde der Priester wütend und schrie ihn an, dass die Geburt Jesu ein Geheimnis sei, ein Geschenk Gottes an die Menschheit. Jesus war der Sohn Gottes und wurde durch den Heiligen Geist geboren. Maria blieb vor und nach der Geburt Jesu eine Jungfrau.

"Das ist Ihr Glaube, nicht meiner", antwortete Thoma Kunj.

"Poda patti", brüllte der Priester Thoma Kunj an.

Thoma Kunj sei ein Fluch, und Gott würde ihn für die unverzeihliche Blasphemie bestrafen, schrie der Priester weiter.

Thoma Kunj rannte zu George Mooken und erzählte ihm, was seiner Mutter zugestoßen war und von seiner Konfrontation mit dem Pfarrer. George Mooken sagte, dass er und Parvathy am vergangenen Sonntag nicht in die Kirche gegangen seien, da beide mit ihrer Tochter Anupama in Bangalore waren.

George Mooken traf sich sofort mit dem Pfarrer und sagte ihm, dass sein Verhalten falsch war und dass er sich entschuldigen müsse. Er rekapitulierte dem Priester die Bergpredigt, um von Jesus zu lernen. Der Priester lachte George Mooken aus und sagte ihm, er solle sich um seine Angelegenheiten kümmern.

Mooken erinnerte den Geistlichen daran, dass Liebe und Mitgefühl die zentralen Werte des christlichen Lebens seien, die ihm aber fehlten.

Parvathy und George Mooken gingen zu Emily. Parvathy umarmte ihre Freundin und erzählte ihr, dass sie eine Woche lang mit ihrer Tochter unterwegs war und Emilys Sorgen nicht kannte. Sie versicherte Emily, dass sie bei ihr sein und sie unterstützen würde, da sie Emily als ihre beste Freundin betrachtete.

Parvathy besuchte Emily täglich und verbrachte viele Stunden mit ihr, um ihr emotionale und psychologische Unterstützung und Pflege zu bieten. Parvathy bemerkte bei Emilys Aktivitäten einen ständigen sozialen Rückzug. Sie hatte Hemmungen, mit anderen zu sprechen und hatte Angst, ihre Sorgen mitzuteilen.

Thoma Kunj beobachtete bei Emily anhaltende Stimmungsschwankungen und ein Desinteresse an der Körperpflege und dem äußeren Erscheinungsbild. Das untypisch rücksichtslose Verhalten seiner Mutter, ihre schlechte Ernährung, ihr schneller Gewichtsverlust und ihr langes Schweigen beunruhigten ihn. Bei seiner Mutter waren rasche Stimmungsschwankungen, Anzeichen von Traurigkeit, Angst, Wut und Selbstmitleid zu beobachten. Ihr Aussehen war erbärmlich, denn ihre Augenlider fielen beträchtlich, die Muskeln wurden schlaff, der Kopf hing, die Lippen waren gesenkt, Wangen und Kiefer sanken nach unten und der Brustkorb zog sich zusammen.

Emilys Mundwinkel senkten sich nach unten, und sie blieb viele Tage lang bewegungslos und passiv. Thoma Kunj besprach das Problem mit Parvathy, und sie schlug vor, dass Emily eine Psychotherapie benötigen könnte, um ihr altes Selbst wiederzufinden und die tiefen Gefühle der Beleidigung zu überwinden. Mit Thoma Kunjs Einverständnis wollte Parvathy Emily für einen Monat zur Psychotherapie nach Bangalore bringen.

Emily war viele Tage lang ruhig und mit dem Schälen von Kokosnüssen beschäftigt. Thoma Kunj fragte sich, warum seine Mutter so ungewöhnlich still war. Er erkannte, dass etwas in ihr brannte, aber er konnte das Ausmaß des Vulkans nicht ergründen. Thoma Kunj setzte sich an die Seite seiner Mutter und überredete sie zum Sprechen. Emily sah ihn an, und ihre Augen waren trocken; sie hatten ihre Helligkeit, ihren Glanz, ihr Strahlen und ihre Opaleszenz verloren.

Parvathy traf Vorkehrungen, um mit Emily am folgenden Sonntag nach Bangalore zu fahren. Sie hatte sich mit einer Gruppe von Psychotherapeuten in einem Beratungszentrum in Verbindung gesetzt, um Emily zu helfen, ihre gewohnte Gelassenheit und Persönlichkeit wiederzuerlangen, damit sie sich konzentrieren und ihre Willenskraft steigern konnte, um emotionale, psychologische und soziale Probleme zu bewältigen und zu lösen. Ziel war es, den Geist zu stärken und ihr Bewusstsein zu erweitern, damit Emily ihr volles geistiges Potenzial nutzen kann, was zu emotionaler Zufriedenheit und sozialem Wohlbefinden führt.

Parvathy blieb während der gesamten Sitzung bei Emily, bis sie sich vollständig von ihrem Problem erholt hatte.

Es regnete früh am Morgen. Wie üblich erreichte der Küster die Kirche, um um sechs Uhr die Glocke zu läuten und den Sonntagsgottesdienst vorzubereiten; der Glockenturm befand sich auf der rechten Seite der Kirche. Er sah ein langes weißes Tuch am Kreuz hängen. Er dachte, dass ein weißes Vorhangtuch von den Kirchtürmen durch den Wind gefallen sein könnte. Die Morgendämmerung war noch von dunklen Flecken durchzogen, und er ging unter den Fuß des Kreuzes und schaute nach oben.

"Jesus", keuchte er.

Es war eine Frau, die an dem Kreuz hing und den nackten Jesus umarmte. Ihr weißer Saree war heruntergefallen, ihre Bluse zerrissen, ihre Schultern entblößt, und sie war fast nackt.

Der Küster rannte zum Glockenturm und läutete ununterbrochen die Glocke. Die ersten, die dort ankamen, waren Nonnen aus den nahe gelegenen Klöstern. Die Leute aus der Nachbarschaft rannten zur Kirche, um zu sehen, was passiert war, und innerhalb von zehn Minuten war eine große Menschenmenge da. Dann erschien der Pfarrer.

Jemand rannte zur Polizeiwache, und andere riefen die Polizei auf ihren Handys an.

Für einige Zeit herrschte eine tiefe Stille in der Menge. Niemand traute seinen Augen. Dann begann allmählich das Flüstern, Klatschen und laute Reden. Man war neugierig, wer die Person war, wie sie hieß.

Bald tauchte der Polizeiwagen mit Blaulicht auf. Der Beamte wies seine Polizisten an, die Leiche vom Kreuz zu nehmen. Die Polizisten benutzten eine Leiter, um hinaufzuklettern. Thoma Kunj sah ihnen besorgt zu, denn als er aufstand, konnte er Mama nicht finden. Er hatte im ganzen Haus nach ihr gesucht. Während er zur Kirche lief, suchte er auf der Straße nach ihr. Der Saree über dem Kreuz sah aus wie der seiner Mutter. Parvathy legte ihre Arme um Thoma Kunj, während sie neben ihm stand.

Die Polizisten ließen den Leichnam herunter und legten ihn auf die Plattform, auf der das Kreuz stand.

"Es ist Emily", rief jemand aus der Menge.

"Emily, Emily, Emily", der Name verbreitete sich wie ein Lauffeuer.

Thoma Kunj brach zusammen. George Mooken trug ihn und legte ihn in sein Auto.

Nach der Autopsie wurde die Leiche am dritten Tag zurückgebracht. Da Thoma Kunj erst vierzehn Jahre alt war, unterschrieb George Mooken die Papiere beim Gerichtsmediziner und bei der Polizeistation. Der Pfarrer weigerte sich, der Toten ein Grab auf dem Friedhof zuzuweisen, und berief sich dabei auf die Vorschrift, dass die Leiche eines Selbstmörders nicht an einem heiligen Ort bestattet werden dürfe.

"Sie war eine Sünderin; ihre Sünden haben sich durch ihren Selbstmord verdoppelt", sagte der Pfarrer zu George Mooken.

George Mooken flehte den Pfarrer an, einer Witwe, die nicht mehr lebte, Gnade zu erweisen. Der Vikar bat ihn, ihn in seiner Kammer zu treffen, und Mooken verstand die Bedeutung seiner Worte. Er kehrte nach Hause zurück, nahm fünf Bündel Tausend-Rupien-Scheine mit und traf sich mit dem Pfarrer in dessen Zimmer. Vor sechs Uhr abends erlaubte der Priester George Mooken, Emily in der Themmadi Kuzhi zu begraben, einem Eckbereich des Friedhofs, in dem Sünder begraben wurden.

Thoma Kunj, Parvathi, George Mooken und einige Landarbeiter waren bei der Beerdigung anwesend. Es wurden keine Gebete für die Toten gesprochen. Der Küster beaufsichtigte die Beerdigung. Der Leichnam lag in einem schwarzen Sarg. Nachdem er die Stirn seiner Mutter geküsst hatte, bedeckte Thoma Kunj den Körper seiner Mutter mit einem schwarzen Tuch. Parvathy legte ein Bündel Rosen, Lilien und Jasminblüten auf das schwarze Tuch und weinte still.

Thoma Kunj weigerte sich zu weinen, aber er schwieg. Parvathy und George Mooken baten ihn, in ihrem Haus zu schlafen. Parvathy war bereit, ihn als ihren Sohn zu adoptieren, doch Thoma Kunj bestand darauf, dass er nach Hause geht, allein lebt und sein Essen zu Hause kocht. Am nächsten Tag packte er alle Bilder des Heiligsten Herzens Jesu, der Jungfrau Maria, aller Heiligen, Rosenkränze und Kreuze in verschiedenen

Größen und Formen, die Emily im Laufe der Jahre gesammelt hatte, zusammen und verbrannte sie in seinem Hof. Die Asche sammelte er in einer Plastiktüte und warf sie in die an den Schweinestall angeschlossene Uringrube.

Thoma Kunj wurde im Alter von vierzehn Jahren zum Waisenkind. Sein Vater war vor drei Jahren gestorben, aber seine Mutter kümmerte sich um ihn und liebte ihn, als ob nichts geschehen wäre. Kurian war ein liebevoller Vater; Thoma Kunj war immer gern in seiner Nähe. Nach dem Tod von Kurien hatte Emily finanzielle Probleme; das Gehalt, das sie als Kehrerin in der Schule erhielt, reichte nicht aus, um eine Familie zu ernähren. Die Entschädigung, die George Mooken und Parvathy für den Tod von Kurien zahlten, deponierte sie auf einer Bank im Namen von Thoma Kunj für dessen Studium.

Als Kurien noch am Leben war, freute sich Emily über die tägliche Anwesenheit ihres Sohnes. Kurien nannte ihn Thoma, und Emily Kunj Mon. In der Schule war er Thomas Emily Kurien. Sie spielte mit ihm, tanzte mit ihm, sang ihm Lieder vor und erzählte ihm Geschichten aus vergangenen Jahren, wobei sie alles für sich behielt, bis er zwölf war.

Seine Grundschule war nur etwa fünf Minuten Fußweg entfernt; Thoma Kunj war selbstbewusst genug, um allein zu gehen. Sie brachte ihm das Alphabet von Malayalam und Englisch bei, und er lernte beide Sprachen ziemlich mühelos.

Emily bemerkte, dass ihr Sohn schon als Kleinkind gesprächig war; in den ersten vier Jahren hatte er viele Freunde in der Schule. Er spielte mit ihnen und feierte ihre Kindheit. Thoma Kunj erzählte ihnen Geschichten, die Mama zur Schlafenszeit vortrug. Er war immer in einer Gruppe von Freunden; sie gingen spazieren, spielten, lernten und aßen zusammen.

Dann fingen seine Freunde an, über ihn zu lästern, und das schmerzte ihn. Allmählich begann er, sich von Schülern, Lehrern und anderen, die schlecht über ihn sprachen, zurückzuziehen. Er erzählte seiner Mama alles, was in der Schule passierte, und sie tröstete ihn und bat ihn, alles zu vergessen, weil sie neidisch waren.

"Trage eine Brille, um zu sehen, was gut ist", sagte Mama einmal.

Und Thoma Kunj trug eine geistige Brille, die seine Augen bedeckte, um nur das Gute zu sehen; er vergaß, schlecht über jemanden zu sprechen und weigerte sich, jemanden zu verletzen oder sich zu verteidigen. Als Mama starb, wurde Thoma Kunj wehrlos.

Auf dem Weg zum Galgen bedeckte der Kerkermeister Thoma Kunj mit einer Maske über seinem Kopf. Es war eine schwarze Maske, so dunkel wie die Nacht. Er wurde blind und marschierte zum Galgen, ohne zu wissen, dass das Land seit der Unabhängigkeit bereits siebenhundertzweiundfünfzig Verurteilte gehängt hatte. Ein paar Dutzend mehr würden das Bewusstsein von Hammurabi und Benthams Kindern nicht beeinträchtigen. Die politischen Eliten und die Bürokraten brauchten die Schlinge, um die

Stimmlosen, die Analphabeten und die Ausgestoßenen zu erschrecken. Die Schlinge um den Hals von Thoma Kunj schützte den jungen Bildungsminister.

Plötzlich stand er am Galgen, und Thoma Kunj spürte eine kleine Menschenmenge, einige wenige Auserwählte, darunter der Bezirksrichter, Wissenschaftler und das Gefängnispersonal. Er konnte sie nicht sehen, weil er sie nicht sehen durfte, weil es ihm verboten war, den Galgen mit der Schlinge zu besuchen. Mama konnte niemanden sehen, weil sie vor ihrer Beerdigung mit einem schwarzen Tuch bedeckt war. Sie lag schon zweiundzwanzig Jahre im Grab, als Thoma Kunj nach elf Jahren Haft zum Galgen gebracht wurde.

DER GALGEN

Der Galgen stand wie zwei kopflose Palmen, die durch eine Querstange verbunden waren. Thoma Kunj spürte seine gewaltige Nähe, und in der Dunkelheit konnte er erkennen, wo er hochgezogen wurde, wie groß er war und wie er in der Mitte der Säulen stehen würde, um die Schlinge um seinen Hals zu bekommen. Es war eine Zeremonie wie die Beschneidung von Adil, die Kastration von Razak, die Vergewaltigung eines minderjährigen Mädchens in einem Frauenhaus der Regierung oder die Kreuzigung von Jesus.

Der Galgen negierte die Freiheit, und für Thoma Kunj gab es kein Entkommen aus der Unfreiheit, denn sie war unvermeidlich. Es gab keinen Ausweg aus dem Schafott, wie die Selbstbestimmung von der Geburt, die Flucht vor dem Tod und die Autonomie von Millionen anderer Ereignisse zwischen Geburt und Tod. Das Leben spielte sich in einem riesigen Rad des Determinismus ab, wie ein Fußballspiel auf einem riesigen Spielplatz, bei dem man keine Freiheit hatte, die Regeln zu brechen. Wer außerhalb der Regeln spielte, wurde jenseits der Grenze rausgeschmissen.

Die Gefangenschaft war das Gegenteil von Freiheit; man hatte keine Wahl. Die Gefangenschaft war wie die Angst vor der verlorenen Jungfräulichkeit. In der Vergewaltigung gab es keine Freiheit, keine Befreiung vom Tod.

Der Tod war die ultimative Niederlage. Thoma Kunj konnte dem Tod nicht widerstehen; die Trauer würde der endgültige Sieger sein. Die Gefangenschaft war wie der Schatten der eigenen Person - bösartig, gefährlich, wiederkehrend und lähmend.

Selbst der Monsun in Malabar war nicht frei; er konnte nicht kommen und gehen, wie er wollte. Es donnerte und blitzte, regnete und flutete, und es schien, als feiere die Erde ihre Entscheidungsfreiheit.

Selbst der Galgen hatte keine Freiheit.

Freiheit war ein Mythos; seine Eltern hatten Thoma Kunj zum Vergnügen erschaffen. Sein leiblicher Vater hatte ihn nicht gefragt, als er beschloss, ihn abzutreiben. Seine Mutter hatte keine Freiheit, ihn zu retten; sie wusste nicht, wie sie ihn schützen oder wohin sie zur Entbindung gehen sollte. Kurien trug sie zu seiner Tante, und Mariam hatte nicht die Freiheit, Emily abzulehnen, denn die Aufgabe einer Krankenschwester war es nicht, das Kind wegzuwerfen; sie liebte die Menschen. Das Leben war ein Märchen für Thoma Kunj; die Polizei von Karnataka fragte Kurien nicht um Erlaubnis, ihn zu verprügeln, bevor sie ihn gewaltsam wie ein Wildschwein tötete. Thoma Kunj verlor seinen Vater, der ihn wie seinen Sohn liebte, obwohl er nicht sein Vater war. Razak wollte, dass Thoma Kunj sein Leben mit ihm in Ponnani verbringt, aber Thoma Kunj hatte keine Freiheit, nach Ponnani zu gehen und den Galgen abzulehnen. Razak wollte einen Sohn, aber Akeem kastrierte ihn, um seine houris in seiner Mashrabiya zu schützen. Razak, ein Muslim, verließ Allah und wollte Thoma Kunj adoptieren, einen Katholiken, der die korrupte Kirche ablehnte, die Bilder seines Gottes verbrannte und die Asche in der Uringrube von Schweinen vergrub.

Emily hat Thoma Kunj nicht um Erlaubnis gebeten, sich an ein Kreuz zu hängen und den nackten Jesus zu umarmen; Emily hatte keine Wahl, sich hängen zu lassen; der Pfarrer zwang sie dazu und nannte sie eine Prostituierte. Aber sie hatte die Unabhängigkeit, ein Kreuz oder einen Baumzweig zu wählen. Thoma Kunj musste sein Studium abbrechen, als er Appu ins Gesicht schlug, weil er seine Mutter eine Prostituierte genannt hatte. Appu könnte von seinen Freunden gehört haben, dass der Pfarrer Emily in seiner Sonntagsrede eine Veshya nannte. Dem Pfarrer wurde versichert, er habe die völlige Freiheit, jeden während seiner Predigt zu stoßen. Als Thoma Kunj von der Schule entlassen wurde, konnte er nicht auf eine andere Schule gehen. Nach dem Tod von Emily musste er für seinen Lebensunterhalt arbeiten, obwohl George Mooken und Parvathy bereit waren, ihn als ihren Sohn zu adoptieren. Aber Thoma Kunj entschied sich dafür, von niemandem abhängig zu sein, da er keine innere Freiheit hatte, ihrer Einladung zuzustimmen. Er zog den Schweinestall vor, da er den Geruch mochte, den sein Vater Kurien jeden Abend nach Hause brachte, und Thoma Kunj liebte den Schweinegeruch von Kurien, den er Papa nannte.

164 DAS SCHWEIGEN DES GEFANGENEN

Nach dem Tod von Kurien und Emily beschloss Thoma Kunj, ein einsames Leben zu führen, und sein Privileg war es, die Schweine auf der Schweinefarm von George Mooken zu kastrieren. Thoma Kunj konnte George Mooken nicht widersprechen und weigerte sich, in die Herberge zu gehen, um die undichte Rohrleitung zu reparieren. George Mooken konnte dem Herbergsvater nicht widersprechen, und der Herbergsvater hatte nicht die Freiheit, dem MLA zu sagen, dass sie seinen Sohn nicht vor Vergewaltigungs- und Mordanklagen bewahren würde, da er ein mächtiger Mann war, der eine negative Entscheidung gegen sie treffen konnte. Sein Sohn war ein junger Mann, der eines Tages ein erfolgreicher Politiker und Minister im Bundesstaat sein würde. Der Heimleiter sperrte Thoma Kunj ein; der MLA war glücklich, und sein Sohn jubelte, obwohl sie alle die Last der Schuld trugen. Innerhalb von zehn Jahren wurde der Sohn Minister, der Mädchenschulen und Colleges besuchte und den Schülerinnen riet, sich vor Sexualstraftätern zu schützen.

Thoma Kunj hatte nicht die Freiheit, sich zu verteidigen, da er glaubte, dass Selbstverteidigung für ein friedliches Leben nicht notwendig sei. Er war der Meinung, dass jeder jeden in der Gesellschaft schützen müsse, und dass jemand die Schuld für die Vergewaltigung und den Mord an dem minderjährigen Mädchen übernehmen müsse. Thoma Kunj schwieg, da er wusste, dass er kein Verbrechen begangen hatte. Wie ein Kaninchen, das beschuldigt wurde, ein Tigerjunges gefressen zu haben, wurde er beschuldigt, ein minderjähriges Mädchen vergewaltigt und ermordet zu haben, wusste aber nicht, dass eine Hyäne das Tigerjunge gefressen hatte. Thoma Kunj schwieg wie Emily, Razak und die Schweine im Schlachthof von George Mooken. Obwohl er nie ein Schwein guillotinierte, konnte er ihren Schmerz, ihr Leid und ihre Tränen spüren, und manchmal dachte er daran, sich selbst zu guillotinieren, um die Schweine zu retten. Er kastrierte die Schweine und bereute es, und jedes Mal, bevor er sie kastrierte, bat er sie um Verzeihung, wie ein Henker, der den Verurteilten um Vergebung bittet. Thoma Kunj schwieg, als er die Schweine kastrierte, aber Adil weinte laut, als Akeem Razak kastrierte. Die Konkubinen in der Mashrabiya heulten, als Akeem nach Razak suchte und dabei den Kopf des Ägypters in der einen und das Schwert in der anderen Hand hielt. Die Frauen des Harems weinten um Razak, nicht um ihre Mitkonkubine.

Akeem hatte keine Freiheit, da er seinen Harem leiten musste. Er wurde zum Sklaven seiner sexuellen Vergnügungen und musste seine Gesetze im Serail aufrechterhalten. Razaks Padachon schuf die Houris, zweiundsiebzig, für einen treuen Gläubigen im Paradies als Belohnung für den Kampf gegen seine Feinde, indem er ihnen die Köpfe abschlug. Die houris erfüllten das Versprechen Khudas, den sexhungrigen Gläubigen Hoffnung und Mut zu geben, indem sie sie dazu inspirierten, in der Dunkelheit der Nacht die winzigen Gemeinschaften von Kindern dessen, der die ganze Nacht mit Gott gerungen hatte, zu überfallen, die über die Oasen der Wüste verstreut waren. Die

Schwertkämpfer hätten die houris im Paradies als Entschädigung erhalten, wenn sie während der schnellen Scharmützel gestorben wären, mit denen die schlafenden Männer nicht gerechnet hatten. Zweiundsiebzig Houris waren eine reizvolle Entschädigung für das eigene verlorene Leben. Wenn sie erfolgreich waren, wurden die Witwen und die geplünderten Reichtümer ihre Beute, und wenn sie das Paradies erreichten, die Houris.

Der Barmherzige dachte nie an die Freiheit der Houris, denn die hilflosen Frauen waren dazu verdammt, auf Erden Konkubinen und im Paradies Houris zu sein.

Thoma Kunj machte sich in seinen elf Jahren im Gefängnis keine Gedanken über seine Unfreiheit; er akzeptierte sie, da jemand für die Vergewaltigung und Ermordung eines minderjährigen Mädchens ins Gefängnis und möglicherweise hingerichtet werden musste. Er dachte an den Galgen, hatte aber keine Gelegenheit, ihn zu sehen; einem schicksalsergebenen Gefangenen wurde dort, wo der Galgen stand, keine Arbeit gegeben. Aber Thoma Kunj hatte einmal gehört, wie lebenslängliche Gefangene den Galgen als einen massiven Todesbalken beschrieben hatten, der an zwei kolossalen, aufrecht stehenden Pfählen befestigt war. Das Schafott hatte kein Mitspracherecht beim Hängen eines Verurteilten; es war seine Aufgabe, wie die Aufgabe der Houris, dem Gläubigen im Paradies sexuelles Vergnügen zu bereiten.

Seit den Anfängen des Gefängnisses wurde ein Schafott aus Teakholz verwendet, an dem zahlreiche

Gefangene gehängt wurden. In den Anfangsjahren des freien Indiens war das Hängen das einfachste Mittel, um einen Verbrecher zu beseitigen; es war ein Spiel, bei dem jeder mitmachen konnte. Die Abwanderung einkommensschwacher Familien aus Travancore nach Malabar auf der Suche nach Land, das sie bewirtschaften, Hunger und Armut beseitigen, ihre Kinder ausbilden und Schulen, Kirchen, Krankenhäuser und Gemeindezentren errichten konnten, führte zu unendlichen Konflikten mit der Natur und den Menschen. Die Todesstrafe wurde verschärft, das Hängen wurde üblich, und viele Unschuldige verloren ihr Leben am Galgen. Niemand war da, um ihre Geschichten aufzuschreiben, und niemand interessierte sich für einen toten Menschen. Die Galgen aus Teakholz waren so stabil wie die Valapattanam-Brücke, und die Schlinge, die einem Verurteilten um den Hals gelegt wurde, wurde eigens aus Coimbatore, dem Manchester Indiens, bestellt. Vor einigen Jahren wurde eine Stahlkonstruktion von einer für ihre Qualität bekannten Stahlfabrik errichtet. Der Galgen schützte die Wohlhabenden und Mächtigen, die Politiker, Richter und Minister, Priester, Pandits, Maulvis und Geschäftsleute.

Während der britischen Ära gab es keine Gnade für Kriminelle. Hunderte von halbgebildeten Raufbolden aus Schottland, Wales, England und Irland traten in den britischen Verwaltungsdienst ein, vor allem bei der Polizei und in den Gefängnissen, und förderten die rücksichtslose Unterdrückung von Gesetzesverstößen. Sie wollten ein mächtiges britisches Imperium, das sie in den strengen Wintern wärmte. Jede Aufhängung trieb den Aktienwert der East India Company in die Höhe. Für die Briten gehörten Abschreckung und Vergeltung zur zentralen Philosophie des Strafrechtssystems. Die Anwälte und Richter, die das angelsächsische Rechtssystem erlernten, wurden schnell zu Jüngern von Hammurabi und Jeremy Bentham und zeigten einen bemerkenswerten Appetit auf das Hängen. Seit der Hinrichtung von Maharaja Nandakumar, einem Steuereintreiber der East India Company in Bengalen, wurden viele Tausende gehängt. Das freie Indien folgte der britischen Brutalität gerne. Rasha Raghuraj Singh, der am neunten September, dem Jahr, in dem das Land seine Unabhängigkeit erlangte, im Zentralgefängnis von Jabalpur hingerichtet wurde, war der erste, der im freien Indien gehängt wurde.

Thoma Kunj ging zum Galgen, der wie das Allerheiligste stand, die Schlinge wie eine Gottheit, geschützt von hohen Mauern inmitten eines ein Hektar großen, mit Granit gefliesten Grundstücks in einem hundert Hektar großen, bewachten Gefängnis. Der Scharfrichter war der Priester, das Gefängnispersonal die Anbeter, der Bezirksrichter der Chorist, und die Cheerleader waren Psychologen und Soziologen für menschliches Verhalten.

Die schwarze Maske, die seinen Kopf und sein Gesicht bedeckte, trug zur Dunkelheit der ganzen Welt bei, und Thoma Kunj konnte sich die Schlinge vorstellen, die am Querbalken hing, stabil, oval und in der Lage, dem

Gewicht des Verurteilten standzuhalten. Zwei Schlingen am gleichen Querbalken für zwei Verurteilte bedeuteten für die Gefängnisleitung eine erhebliche Arbeitserleichterung. Die Vorbereitung der Hinrichtung eines Schwerverbrechers dauerte Monate, manchmal sogar Jahre, da Berufungen beim Obersten Gericht, beim Obersten Gerichtshof und beim Präsidenten viele Jahre in Anspruch nahmen und die Vollstreckung der Todesstrafe verzögerten. Selbst nach der Ablehnung der letzten Berufung folgten weitere Monate der Vorbereitung, und es war mühsam, einen Henker zu finden.

Der Galgen war das mächtigste Instrument, das der Mensch erfunden hatte, um den menschlichen Geist zu unterdrücken. Er hatte die Macht, das Leben zu nehmen, ein Werkzeug, um einen Menschen bis zum Tod an der an einer Querstange befestigten Schlinge aufzuhängen. Dass mehr als eine Schlinge gleichzeitig funktionierte, war ein Segen für die Justiz, die Regierung und das Gefängnispersonal. Die Regierung setzte enorme Mittel ein, um einen Verurteilten zu hängen, mindestens das Zehnfache des Gesamtbedarfs, um den Straftäter ein Leben lang im Gefängnis zu halten.

Im Gefängnis konnte ein Straftäter arbeiten, seinen Lebensunterhalt verdienen, seine Familie unterstützen und sich um die Entwicklung des Landes bemühen.

Aber Selbstmord war etwas anderes; es war die Entscheidung eines Menschen, und Emily wählte ihren Tod.

Emily starb am Kreuz.

Das Sterben am Kreuz hatte religiösen Glanz und spirituelle Verheißungen. Aber das Opfer musste erhängt werden, wie Jesus von Nazareth. Emily erhängte sich und verlor ihren Ruhm und ihr Versprechen. Der Pfarrer weigerte sich, sie auf dem Friedhof zu begraben, und George Mooken bestach den Pfarrer, um ein Stückchen Schlamm zu bekommen. Der Pfarrer wies sie in der Themmadi Kuzhi, der Sünderecke, zu, und Emily wurde mit einem schwarzen Tuch begraben, da sie kein Recht hatte, mit einem weißen Laken bedeckt zu werden. Diejenigen, die mit weißen Tüchern bedeckt waren, kamen direkt in den Himmel, die mit schwarzen ins Fegefeuer, um gereinigt zu werden, oder in die Hölle ins ewige Feuer. Der Gott der Juden und Christen, Jahwe, liebte Weiß, und Allahs Houris trugen weiße Abayas. Beide verabscheuten Schwarz, die Farbe von Luzifer oder Iblis. Die Söhne Abrahams schätzten Weiß, die Farbe der Engel, Malaks und Houris.

Emilys Leichnam, der mit einem schwarzen Laken bedeckt war, wurde auf dem Friedhof in der Ecke für Sünder begraben.

Emily war nicht von Geburt an eine Sünderin. Sie war das einzige Kind eines Lehrerehepaars aus Thiruvalla, das in Addis Abeba Englisch und Mathematik unterrichtete. Elizabeth und Jacob wollten kein Kind haben, aber als Elizabeth achtunddreißig war, wurde sie schwanger und kam zur Entbindung in Rachels Haus in Thiruvalla. Schon einen Tag nach der Geburt des Kindes kehrte Elizabeth nach Äthiopien zurück, um bei ihrem Mann zu sein, und bat ihre Mutter nicht einmal, das Neugeborene aufzuziehen. Rachel wusste, dass Elizabeth ihr Baby im Stich gelassen hatte und nicht zurückkehren würde, um das Kind zu sehen.

Ihre Großmutter zog Emily auf und lehrte sie vom ersten Tag an, das Englisch der Königin zu sprechen. Als Emily vier Jahre alt war, brachte Rachel ihr das Alphabet in Malayalam und Englisch bei. Emily nannte sie "Mama".

Einige Jahre lang war Rachel Chirurgin in Birmingham, litt unter leichter psychotischer Paranoia und hatte täglich Konflikte mit ihrem Mann David, den sie während ihres Studiums am Vellore Medical College kennengelernt hatte. Dr. David, ein Psychiater im Vereinigten Königreich, ließ sich nach zehn Jahren Ehe von Rachel scheiden und heiratete eine weiße Frau, Margaret, ein gescheitertes Model und Schauspielerin. Sie hatte David regelmäßig zur psychiatrischen Behandlung aufgesucht.

Mit ihrer einzigen Tochter Elizabeth zog Rachel nach London und setzte ihre Praxis fort, wobei sie im Geheimen einen abscheulichen Hass auf ihren Ex-Mann und dessen neue Frau hegte. Sie fürchtete die Dunkelheit und dachte, ihr geschiedener Mann und seine Frau würden sie in den lichtlosen Nächten strangulieren. Rachel schaltete in der Nacht nie das Licht aus. Halluzinationen überwältigten ihren Geist, und sie kämpfte mit David, Margaret und anderen eingebildeten Feinden.

In London verdiente Rachel viel Geld mit ihrer Praxis und zog mit fünfundsechzig Jahren nach Thiruvalla. Innerhalb eines Jahres kam Elizabeth, und Emily wurde geboren.

Emily war ein einsames Kleinkind und wuchs als Einzelgängerin auf.

Sie wuchs mit dem Schreien und Heulen ihrer Großmutter auf, besonders nach Sonnenuntergang. Mama stritt sich jede Nacht mit ihrem geschiedenen Mann, Dr. David und seiner englischen Frau Margaret, und dachte, sie sei immer noch in Birmingham, da sie ihn oft in seiner Klinik sah, wie er seine Klientin umarmte.

Manchmal zeigte Rachel auf Reisen Aggressionen gegenüber Fremden, vor allem in Hotels und Ferienanlagen. Sie mochte Schauspieler und Models nicht und glaubte, sie seien alle in David verliebt. Sie reagierte impulsiv, blieb tagelang distanziert und vergaß dabei, dass Emily bei ihr war. Großmutter zeigte manchmal asoziales Verhalten, und Emily empfand extreme Angst. Rachel hasste Frauen der gehobenen Gesellschaft, die modische Kleidung und Schmuck trugen. Aber Rachel kaufte teure Kleider und Diamanten für Emily, ohne sie zu fragen. Jeden Tag griff Rachel die riesigen gummierten Puppen von Dr. David und seiner Frau an, die sie in ihrem Schlafzimmer aufbewahrte. Nachdem sie ihnen ins Gesicht getreten hatte, setzte sie sich wie ein Wrestler auf ihre Brust und schlug wiederholt auf sie ein.

"David, ich hasse dich", kreischte sie.

"Ich hasse dich, David. Du hast diese Schlampe geheiratet. Das werde ich dir nie verzeihen", das Geschrei wurde immer lauter.

"Du bist es, der eine psychiatrische Behandlung braucht, du verdammter Idiot", schimpfte sie weiter.

Emily hatte ein eigenes Schlafzimmer, und während des Aufruhrs und des Geschreis versteckte sich Emily unter ihren Kissen und zitterte vor Angst. Neugierig beobachtete Emily, wie ihre Großmutter ein halbes Dutzend Mal die verschlossenen Türen kontrollierte, vor allem nachts. Sie stand um Mitternacht auf und überprüfte, ob das zentrale Türschloss intakt war. Alle paar Stunden tauchten in ihr intensive, irrationale, anhaltende Gefühle von Angst und Wut auf, die sie streitlustig und abwehrend gegenüber fiktiver Kritik machten. Oft blieb Emily in ihrem Zimmer und erschien nicht bei ihrer Mama.

Rachel hat ihrem Ex-Mann und dessen Schauspielerin nie verziehen.

Tagsüber war Rachel gesprächig und bat Emily, eine Passage aus einem Bilderbuch vorzulesen. Großmutter ermutigte Emily, deutlich zu lesen und korrigierte ihre Aussprache.

Rachel kleidete sich wie eine Frau aus einer elitären Familie, verfolgte akribisch die neuesten Modetrends in London, kochte westliches Essen, verhielt sich wie eine britische Aristokratin und sprach das Englisch der Königin. Sie fuhr ihr Auto, reiste mit Emily nach

Kochi, Alappuzha, Kottayam, Munnar, Trivandrum und Kanyakumari und wohnte in den besten Hotels.

Als sie fünf Jahre alt war, wurde Emily in ein Mädcheninternat in Kodaikanal geschickt, wo ihr die Atmosphäre nicht gefiel. Sie hatte keine Freunde, da sie Angst hatte, mit anderen Schülern zu sprechen. Emily wusste nicht, wen sie akzeptieren sollte, da sie allein ohne Geschwister und Eltern aufwuchs. Emily wuchs bei einer älteren Frau auf, die an Paranoia, Schizoiden und psychischen Störungen litt. Obwohl ihre Lehrer sich liebevoll und fürsorglich verhielten, hielt Emily Abstand zu ihnen. Ihre Großmutter besuchte die Schule jeden Monat, am Vorabend von Weihnachten und in den Mittsommerferien. Ihr kultiviertes Verhalten war immer ein Gesprächsthema unter den Lehrern, und Rachels Besuche dauerten an, bis Emily ihre Reifeprüfung ablegte.

Emily war gut in ihren Studien. Obwohl sie einsam war, war sie eine überzeugende Rednerin und nahm an schulinternen und schulübergreifenden Wettbewerben teil. Jedes Jahr unternahm Emily mit ihren Klassenkameraden eine Studienreise und besuchte wichtige Touristenorte in Indien, Nepal, Bhutan und Sri Lanka, ohne sich jedoch unter die Leute zu mischen.

Sie traf ihre Eltern zum ersten Mal, als sie neun Jahre alt war, während der Weihnachtsferien bei ihrer Großmutter in Thiruvalla. Eines Nachmittags sah Emily, wie zwei Fremde, ein Mann und eine Frau, vor dem Haus der Eltern aus einem Taxi stiegen. Emily war erstaunt, denn sie benahmen sich wie ein frisch verheiratetes Paar. Rachel war ihnen gegenüber relativ gleichgültig. Sie sprachen nicht mit Emily und zeigten kein Interesse an ihr, als hätte es sie nie gegeben, und Emily wusste nicht, wer sie waren.

"Emily, das sind deine Eltern, die Bastarde aus Äthiopien", rief Rachel aus dem Wohnzimmer.

Es herrschte eine lange Stille.

"Ihr wollt mein Eigentum an euch reißen, aber ihr bekommt es nur über meine Leiche", brüllte Oma aus dem Wohnzimmer.

Nach einer halben Stunde waren Elisabeth und Jakob weg.

"Fahrt zur Hölle und kommt nie wieder. Ich bin schon fünfundsiebzig. Lasst mich in Ruhe", brüllte Rachel, während sie hinausgingen.

Mama schrie den ganzen Abend weiter, sie war aufgeregt. Sie trat die Puppen von David und Margaret. Das Geschrei und die Schimpfwörter erfüllten die Luft und übertönten die Weihnachtslieder.

Emily war ein einsames Kind. Sie hatte keine Freunde in der Nachbarschaft.

Als sie heranwuchs, verstärkte sich ihre Einsamkeit noch. Plötzlich gab es Horden von Pickeln in meinem Gesicht. Als sie zwölf Jahre alt war, setzte die Menstruation ein. Emily wusste es nicht und hatte niemanden, mit dem sie darüber sprechen konnte. Wiederholte quälende Gefühle, die mit der Erkenntnis einhergingen, dass etwas Schreckliches in ihrem Körper passiert war, zerstörten ihre Gefühle und ihren Trost. Ihr Nachthemd war blutverschmiert, und sie konnte es nicht akzeptieren, da sie nicht wusste, warum es passiert war, was mit ihr geschehen würde und wo sie das Nachthemd wegwerfen sollte. Sie versteckte sich vor den anderen Schülern in der Mensa und im Klassenzimmer und hatte Angst, sich in der Aula oder im Klassenzimmer aufzuhalten. Ihre Periode hielt sechs Tage lang an und erleichterte sie emotional; ein Schamgefühl durchdrang ihren Kopf mit Schmerzen im Unterleib. Übelkeit, Krämpfe und Völlegefühl beunruhigten sie, vor allem ihre Brüste. Die Brustwarzen brannten, und sie drückte sie immer wieder. Emily fühlte sich müde, schwach und träge.

Stimmungsschwankungen machten Emily wütend und verloren; die Angst bedrückte sie ständig, als würde sie durch einen Tunnel fahren, der kein Ende hatte oder auf der anderen Seite keine Öffnung hatte. Sie hatte das Gefühl, auf dem Gipfel eines Berges zu stehen, und es gab keine Möglichkeit, hinunterzuklettern; die Klippen waren zu steil und gefährlich. Emily war wütend, und in Gedanken schrie sie ihre Lehrer, ihre Eltern, ihre Großmutter und die ganze Welt an.

Der nächste Menstruationszyklus kam nach vier Monaten. Emily war zu Hause bei ihrer Großmutter, die nicht ansprechbar war, da sie David und Margaret tagelang verfluchte. Emily hatte nie die Gelegenheit, mit Mama über die biologischen und emotionalen Veränderungen zu sprechen. Am dritten Tag, nach dem Frühstück, sah Rachel Blutstropfen auf dem Boden des Speisesaals, und zum ersten Mal in Emilys Leben umarmte Oma sie besorgt und sagte ihr, dass sie eine Frau geworden sei. Großmutter erklärte Emily in einfachen Worten alles über das Geheimnis der Menstruation, die monatliche Periode, die Notwendigkeit, den Körper sauber zu halten, wie man einen Tampon benutzt, und die emotionalen und psychologischen Vorbereitungen, die notwendig sind, um damit umzugehen.

In den nächsten Wochen erklärte Großmutter Emily jeden Tag die Entwicklung der Eizelle in ihrem Eierstock, die Abstoßung der unbefruchteten Eizelle, die Bildung von Spermien in männlichen Hoden, den Geschlechtsverkehr zwischen einer Frau und einem Mann, seine biologischen und psychologischen Hintergründe, die menschliche Erfüllung einer sexuellen Beziehung und wie man ungewollte Schwangerschaften vermeiden kann. Rachel vertrat die Ansicht, dass der Geschlechtsverkehr zwischen einem Mädchen und einem Jungen keine Sünde sei; er mindere keineswegs die Würde des menschlichen Lebens, sondern erhöhe sie. Sexuelle Beziehungen hätten spezifische sozial-psychologische Implikationen und persönliche und gesellschaftliche Auswirkungen. Auch wenn gegen vorehelichen Sex nichts einzuwenden war, erklärte Großmutter Emily ausdrücklich, wie man ungewollte Schwangerschaften verhindern konnte, und riet einem Jungen von räuberischem Sex ab. Für Mama war Sex ein natürliches biologisches Phänomen, das mit den emotionalen und psychologischen Bedürfnissen und dem Wachstum eines Menschen zusammenhängt. Emily musste vorsichtig sein, wenn sie eine sexuelle Verbindung mit einem Mann eingehen wollte.

"Religion und Gott haben nichts mit Sex zu tun. Religion ist ein soziales Konstrukt, und Gott ist ein Mythos; sie können sich nicht in menschliche Angelegenheiten einmischen. Schmeißen Sie beides weg. Sex ist etwas rein Biologisches mit psychologischen, emotionalen und sozialen Folgen, und du solltest für deinen Körper, deinen Geist und deine Zukunft verantwortlich sein. Sei vernünftig im Umgang mit Männern", sagte Oma und sah Emily an.

"Mama, ich werde tun, was du gesagt hast", antwortete Emily.

"Ich werde dich nicht zwingen, Emily, du bist für dein Handeln verantwortlich", sagte Rachel.

Ich verstehe, Mama."

"Wenn es keinen Gott gibt, sind die Menschen für ihre Handlungen verantwortlich", sagte Rachel.

Großmutter sprach zum ersten Mal über Sex und Gott. Emily war ihr dankbar dafür, dass sie ihr die Bedeutung des biologischen Frauseins und der Freiheit von Gott näherbrachte.

Emily besuchte nach der zehnten Klasse die zweijährige Oberstufe einer Schule in Trivandrum; sie war fünfzehn. Die Schule war sowohl für Jungen als auch für Mädchen gedacht und bot Emily zum ersten

Mal die Gelegenheit, mit Jungen zusammenzukommen, aber sie zögerte, eine Freundschaft mit ihnen aufzubauen. Sie hatte nie die Gelegenheit, mit einem Jungen zu sprechen. Im Haus der Großmutter fühlte sich Emily allein, da sie in der Nachbarschaft nie einen Jungen traf. Ihr Internat war ein Mädcheninternat, und alle Lehrer und Verwaltungsangestellten waren Frauen. Obwohl sie neugierig auf Jungen war, hatte sie nie die Erfahrung gemacht, mit ihnen in Kontakt zu kommen. Emily träumte davon, den nackten Körper eines Jungen zu betrachten; sie wollte einen Penis sehen, ihn anfassen, ihn fühlen, um zu wissen, wie er sich verhält, da sie noch nie einen gesehen hatte. Emily dachte viele Wochen lang darüber nach und hatte Wahnvorstellungen, mit den Genitalien eines Freundes zu spielen.

Sie entwickelte immer wieder belastende Gefühle und das Gefühl, dass ihre sozialen und emotionalen Bedürfnisse als Kind nicht so erfüllt wurden, wie sie es sich wünschte. Sie war traurig darüber, dass sie einsam war, dass sie von Jungen getrennt war. Die Tatsache, dass sie keine Jungen zum Anfassen und Streicheln bei sich hatte, machte sie traurig, denn die Jungen in der Klasse waren ihr fremd, aber sie sahen gut aus und waren kräftig. Aber die Phantasien, von einem Jungen verfolgt zu werden, machten ihr Angst, und sie war immer gestresst wegen ihres sexuellen Verlangens und verbrachte schlaflose Nächte mit dem Gedanken, männliche Begleiter zu haben. Depressionen und Angstzustände bedrückten sie.

In der Schule konnte sie keine Kontakte zu anderen Schülern und Lehrern knüpfen, da ihr eine beste Freundin fehlte, mit der sie ihre tiefsten Gedanken teilen konnte, was ihr half, Selbstzweifel und mangelndes Selbstwertgefühl zu überwinden.

Zu Hause, in den Ferien, verbrachte sie die meiste Zeit damit, in der Gesellschaft eines Freundes zu grübeln. Da Mama über achtzig war, konnte sie sich nicht um die Veränderungen in Emily kümmern. Sie fühlte sich ständig leer und sehnte sich insgeheim nach jemandem, der sie umarmte, mit ihr Sex hatte und sich um sie kümmerte. Sie zog es vor, sich zurückzuziehen, war aber unglücklich über ihr Alleinsein und wünschte sich einen liebevollen Mann, der sich wie ein Freund um sie kümmerte, mit dem sie um die ganze Welt reisen, über alles Mögliche reden und dauerhafte intime Momente erleben konnte.

Der sexuelle Drang trommelte auf ihren Kopf wie Regen auf eine Blechhütte; sie schloss ihr Zimmer und blieb drinnen, fühlte sich unzulänglich, war traurig, drinnen und allein zu sein. Sie hatte ihrer Großmutter am Tisch nichts zu sagen; sie fühlte sich unglücklich, wenn sie mit der älteren Frau teilte, die ihr die Hand schüttelte, während sie Gabel und Messer hielt. Verschiedene Gefühle bedrängten Emily, denn sie liebte ihre Oma und hasste sie dafür, dass sie sich um sie als Baby kümmerte, denn es war besser, sie gleich nach der Geburt zu erwürgen.

Emily hatte Angst, als sie sah, wie Oma die Puppen schlug. David und Margaret könnten Schmerzen verspürt haben, als die alte Frau sie wiederholt schlug.

Für Emily war ihre Sekundarschule leer, obwohl sie von Schülern bevölkert war. Bei Redewettbewerben dachte sie, dass ihr niemand zuhören würde, obwohl der Saal voller Zuhörer war, die ihre Fähigkeit bewunderten, schlüssig, logisch und überzeugend zu sprechen. Sie begann zu reden, um ihre Einsamkeit zu vertreiben, und gewann Preise, um ihre Einsamkeit zu verjagen.

In der Isolation fühlte sich Emily sexuell ausgehungert; manchmal war der Drang unkontrollierbar, was sie zum Nachdenken zwang, und das Nachdenken führte zu noch mehr Einsamkeit, die sich auf einen Freund konzentrierte, der ihr sexuelles Bedürfnis stillen konnte. Aber ihre Gefühle hatten nichts mit der Realität zu tun, denn sie waren oft flüchtig wie verirrte Wolken, zweck- und ziellos, aber so mit ihrem Leben verbunden, dass sie versuchte, ihm zu entkommen.

Oft war sie eifersüchtig auf andere Schüler, weil diese die Gesellschaft ihrer Freunde genossen. Im Gegensatz dazu hatte Emily niemanden, mit dem sie ihre Gefühle und Wünsche teilen konnte, da sie nicht ausreichend mit anderen verbündet war. Sie glaubte, ihre Situation würde nie enden, da sie unerwünscht, ungeliebt, unsicher und verlassen sei. Es entstand eine anhaltende Traurigkeit, die sie nicht zu definieren vermochte, die aber auf das Fehlen eines Menschen zurückzuführen war, der sie liebte, und sie wollte diese Liebe erwidern.

Es wäre ein fürsorgliches, eingebautes tiefes Verständnis für das Bedürfnis nach etwas Vertrautem.

Emily wollte dazugehören, hatte aber Angst davor, dazuzugehören.

Ihre Gefühle konzentrierten sich auf die Erfüllung ihres tief empfundenen Bedürfnisses. Sie suchte nach einem Mann, der mit ihr zusammen sein, in ihr atmen, mit ihr fühlen und unendliche leidenschaftliche Freude bereiten konnte.

Ausgeschlossen von ihren Eltern, suchte Emily nach einer Person wie einem Vater, einem Liebhaber und einem Freund. Ihre Eltern waren wildfremde Menschen, mit denen sie nie sprach, und sie wusste nicht einmal, was Elternschaft ist. So entstand eine unüberbrückbare Lücke in ihrem Leben, die nur ein Mann schließen konnte. Der Begriff des Vaters formte in ihr eine Leere, eine unendliche Wildnis, einen riesigen Ozean der Dunkelheit, eine Leere der Liebe in ihrer Gesamtheit.

Einen Vater gab es für sie nicht.

Emily war von der Fürsorge ihres Vaters ausgeschlossen, und oft fühlte sie sich hoch motiviert, eine Person zu finden, die sie akzeptieren konnte.

Sie war besessen von der Stille und der Angst, die sie einhüllte und ihr Herz und ihren Geist mit grenzenloser Leere und Dunkelheit erfüllte. Manchmal wurde sie zur personifizierten Dunkelheit; es gab nichts zu denken und zu erwarten, ein starkes Verlangen nach jemandem, einem Mann. Alles endete in einer hoffnungslosen Leere; es gab kein Ziel, kein Fahrzeug und keine Straße, die sie führen konnte. Es war wie eine Fata Morgana in der Wüste, und Emily war unbegleitet. Sie weinte nicht gern und hasste es, traurig zu sein, denn ihr Leben war so leer wie eine Kokosnussschale.

Nach dem Abschluss der Oberschule ging Emily auf ein Frauencollege in Ernakulam, um ihren Abschluss zu machen; sie war achtzehn und wählte Englisch, ihr Lieblingsfach, für den Abschluss, einen dreijährigen Kurs. Rachel war vierundachtzig und eröffnete für Emily ein Sparkonto mit einer Ersteinlage von zwanzig Lakh Rupien, damit sie ihr Studium ohne finanzielle Belastung abschließen konnte.

Emily begann, im Wohnheim zu wohnen und besuchte ihre Mutter einmal im Monat, die mit dem Alter viel milder geworden war, aber immer noch königlich, launisch und schweigsam.

Am College war Emily Mitglied des Forums für öffentliches Reden und verantwortlich für die Einladung von Gästen zu verschiedenen Veranstaltungen, die vom Forum organisiert wurden. Bei einer dieser Veranstaltungen bat sie einen jungen Anwalt, Mohan, einen dynamischen Redner, der Recht und Literatur kurz und bündig zusammenfassen konnte. Schon bald begann Emily, Mohan zu mögen und zu bewundern, besuchte sein Büro und ließ sich auf lange Diskussionen ein. Schnell wurde Emily in eine neue Welt der männlichen Nähe, der Wärme und des Geruchs entführt, die sie verehrte und von der sie seit ihrer Jugend geträumt hatte. Emily bewunderte Mohan, sein Aussehen, seinen ständigen Redefluss, sein Allgemeinwissen, seine Sorge und seinen Respekt für Emily. An vielen Abenden saß sie dicht bei ihm und schaute ihm in die Augen, als sei sie von seiner männlichen Kraft, Stärke und Magie besessen.

An den Wochenenden besuchten Emily und Mohan die besten Restaurants in Kochi und verbrachten lange Stunden in der Gesellschaft des jeweils anderen. Das Geld floss aus ihrem Portemonnaie, und sie begnügte sich damit, Mohan zu bezahlen, um ihn zufrieden und erregt zu halten. Jeden Abend wählte er eine Flasche teuren Whiskey und freute sich, dass Emily ihn freudig bezahlte. Zum ersten Mal hatte Emily engen Kontakt zu einem Mann, und ihr gefiel alles an Mohans Verhalten, auch sein Aussehen und sein Geruch. Am liebsten hätte sie ihn umarmt und ihn ganz nah an ihr Herz gedrückt. Für Emily war es ein Novum, mit einem Mann zusammen zu sein und ihn in die Arme zu schließen. Die Kraft der neuen Ideen von Zweisamkeit brach in ihr aus.

Sie unternahmen regelmäßig Bootsausflüge und fuhren nach Alappuzha, Changanassery und Kumarakom. Die Zeit mit Mohan zu verbringen, war für Emily eine himmlische Erfahrung.

Die Ekstase der Gefühle machte sie sprachlos; ihre Leidenschaft explodierte, als sie spürte, wie die Träume in ihrem Bauch tanzten.

Emily fühlte sich abenteuerlustig, tat alles, um Mohan zu gefallen, war neugierig auf seine Reaktionen und sein Aussehen. Mit neuen Ideen über das Zusammenleben erzählte sie ihm unzählige Geschichten, vergaß ihre anderen Prioritäten, sehnte sich nach Sex und genoss es in Gedanken, mit Mohan nackt zu sein. Ein Korb von physischen und psychischen Reaktionen in ihren Handlungen und Interaktionen zwang sie in eine süchtig machende Abhängigkeit von ihm und in ein stärkeres Verlangen nach Liebesbeziehungen. Sie liebte es, von ihm erdrückt zu werden, wenn sie mit ihm zusammen war.

In ihrem Herzen entstand eine lebenswichtige Sorge um Mohan, die jeden Moment ihres Daseins mit dem Wunsch erfüllte, ihm das Leben mit den neuesten Gadgets zu erleichtern und ihm teure Dinge zu schenken, die ihn zum Lächeln bringen könnten. Indem sie ihre Entscheidungen nach seinen Vorlieben und Abneigungen ausrichtete, trug sie ihn ständig in sich wie eine hochschwangere Frau, die ihre Zygote beschützt.

Sie erinnerte sich daran, wie sie ihm zum ersten Mal in seinem Büro begegnete, ein überwältigendes Erlebnis, wie sie in seiner Nähe stand und eine starke körperliche und emotionale Anziehung und Bindung aufkeimte. Schon am ersten Tag wollte sie ihn nackt sehen und zweifelte kurz daran, ob sie ihre Klarheit, ihr Einvernehmen verloren hatte.

Tag für Tag entwickelte sich Emily weiter, sie war ein völlig neuer Mensch, fühlte sich emotional und körperlich verändert, hatte hohes Herzklopfen und dachte zeitweise wie besessen. Ihre Reaktionen waren unmittelbar, aber von Nervosität umgeben, ein durchdringendes Gefühl der Freude, gepaart mit Misstrauen, da sie es so stark erlebte. Die Gefühle und Reaktionen waren solide und schritten schnell voran, was zu einem Verlust des Urteilsvermögens und verrückten Entscheidungen führte, denen es an logischen Ergebnissen mangelte.

Mohan wohnte allein in einem Haus mit Blick auf den Vembanad-See, und eines Abends nahm er Emily mit zu sich nach Hause. Es war eine Einzimmerwohnung mit einem kleinen Wohnzimmer und einer winzigen Küche, und sie liebte es, denn sie fand es gemütlich und kompakt, wo Emily mit einem Mann allein war, den sie bewunderte und liebte. Sobald sie angekommen waren, hatte sie zum ersten Mal Sex; sie liebte den nackten Körper von Mohan, die Art, wie er sie umarmte, auszog und küsste. Die Frische von allem fesselte sie, und der leichte Schmerz, der durch die sexuelle Vereinigung verursacht wurde, war eine schöne Erfahrung; ihre Besessenheit vom Sex verstärkte sich. Am nächsten Tag zog Emily von ihrem Wohnheim in Mohans Wohnung um.

Emily liebte Mohan. Sein Charme bezauberte sie, und es gefiel ihr, wie er alles tat. Das Liebesspiel stellte ihre Vorstellung von einer Beziehung zwischen Mann und Frau in Frage, und Emily dachte darüber nach, wie glücklich sie sich schätzen konnte, einen Freund wie Mohan zu haben, der sie so sehr schätzte und sich um sie kümmerte. Sie fragte sich, wie sie Mohan für das himmlische Glück, das er ihr schenkte, danken konnte.

Am nächsten Tag nahm Emily Mohan zu einem Autohaus mit und präsentierte ihm ein Auto, bei dem sie sich ihm so nahe fühlte. Mohan umarmte sie vor Freude und küsste sie auf die Lippen. Sie reisten regelmäßig nach Mysore, Bangalore, Goa, Ooty, Kodaikanal und Chennai, und Emily war bereit, jeden Betrag für ihren geliebten Freund auszugeben.

Sie war begeistert, als sie von Mama erfuhr, dass sie weitere zehn Lakh Rupien als Geschenk auf ihr Konto eingezahlt hatte, und Emily teilte Mohan die aufregende Neuigkeit mit und sagte ihm, dass es ihm freistehe, ihre Bank für seine Bedürfnisse zu nutzen.

Mohan nahm einen längeren Urlaub für zwei Monate und sagte Emily, dass er in den ersten Tagen der Intimität gerne mit ihr zusammen sei. Er würde eine Anwaltskanzlei eröffnen, wenn die Euphorie ihrer Unzertrennlichkeit abgeklungen sei. Emily umarmte ihn und küsste ihn für seine Sorge.

Mohan plante eine Auslandsreise für Emily und ihn nach Java, Bali, Kuala Lumpur, Bangkok, Angkor Wat und Saigon. Der Besuch war für vier Wochen geplant.

Ohne Mama von Kochi aus zu informieren, nahmen Emily und Mohan einen Direktflug nach Kuala Lumpur, wo sie vier Tage lang fast alle bekannten Touristenattraktionen besuchten. Emily gefiel der Einfallsreichtum von allem. Auf Bali verbrachten sie schöne Tage, und Emily spielte mit Mohan am Strand wie ein kleines Kind. Bangkok zog sie in seinen Bann, vor allem das Nachtleben. Tausende von weißen Menschen, die in minimaler Kleidung herumliefen, zogen Emily in ihren Bann, und sie sagte zu Mohan, sie müssten wie diese Touristen sein, wenn sie nach Hause zurückkehrten, in ihrer Privatsphäre. Die Erhabenheit von Angkor Wat faszinierte sie, und Saigon verzauberte sie.

Emily liebte Mohans besitzergreifende Art; er war wie ein junger Vater.

Als sie nach Indien zurückkehrten, gingen sie direkt zu Mohans Haus. Als Emily ihre Bankkonten überprüfte, jubelte sie, denn Rachel hatte weitere fünf Lakhs eingezahlt. Obwohl sie bereits etwa achtzehn Lakh ausgegeben hatte, wies ihre Bank ein Guthaben von siebzehn Lakh auf.

An einem Samstag fuhr sie mit dem Bus von Kochi nach Thiruvalla, um Mama zu treffen. Als sie zu Hause ankam, fand Emily eine andere Familie vor, die im Haus wohnte. Sie sagten, ihre Großmutter sei vor zwei Wochen gestorben, und Elizabeth und Jacob hätten das Haus an die jetzigen Bewohner verkauft. Die neuen Besitzer erlaubten Emily nicht, das Haus zu betreten; sie stand draußen und weinte, weil sie sich an Mama erinnerte.

Emily konnte nirgendwo anders hingehen als in das Haus von Mohan, und als sie zurückkam, erzählte sie die ganze Geschichte. Mohan sagte kein einziges Wort. Viele Tage lang herrschte Schweigen im Haus. Ohne es Emily zu sagen, fuhr er mit dem Auto zum Gericht und nahm das Training wieder auf. Emily begann zu studieren, und als sie zurückkam, war sie allein zu Hause und hatte niemanden, mit dem sie reden konnte.

Innerhalb von fünfzehn Tagen fühlte sie sich unwohl und bat Mohan, sie zu einem Arzt zu begleiten. Doch Mohan erklärte, er könne nicht mitkommen, da er an diesem Tag einen kritischen Fall habe.

Emily ging allein.

Nach einer ausführlichen diagnostischen Untersuchung teilte der Frauenarzt Emily mit, dass sie schwanger sei. Emily geriet in Ekstase; jetzt hatte sich alles verändert, eine neue Bedeutung, neue Farben und neue Verantwortlichkeiten. Sie wartete auf die Rückkehr von Mohan, und als er gegen sechs Uhr abends eintraf, teilte Emily ihm lächelnd mit, dass sie schwanger war. Sie erwartete, dass Mohan sie vor Freude umarmen und küssen würde. Aber er reagierte nicht, sagte nichts; eine tiefe Stille durchdrang alle Ecken des Hauses und zerstörte ihr Vertrauen in Mohan.

Am nächsten Morgen ging Mohan in sein Büro, ohne Emily zu informieren, und Emily fühlte sich seltsam; sie nahm den Bus zu ihrem College. Als Emily einen Betrag überweisen wollte, um ihre Semestergebühren zu bezahlen, fand sie nur fünfzigtausend Rupien auf ihrem Konto. Als sie Mohan am Abend erzählte, dass ein Betrag von sechzehneinhalb Lakh Rupien von ihrem Konto verschwunden war, sagte er, er habe das Geld für eine dringende Angelegenheit genommen und werde sich um Emily kümmern, wenn sie es brauche.

Emily vertraute Mohan und glaubte an seine Worte.

Am Morgen, nachdem Emily zum College gegangen war, schloss Mohan das Haus mit einem neuen Vorhängeschloss ab und ging in sein Büro. Als Emily um sechs Uhr abends vom College zurückkam, war Mohan noch nicht vom Hof zurückgekehrt. Da Mohan die Schlüssel für die Haustür bei sich hatte, wartete sie. Es wurde dunkel, und Emily wartete bis nach zehn Uhr draußen. Mohans Auto erreichte das Haus gegen halb elf. Er öffnete die Tür und ging hinein, und Emily folgte ihm. Mohan bat Emily, im Wohnzimmer zu schlafen, da sie sich seltsam fühlte. Im Wohnzimmer konnte sie nicht ruhig schlafen.

Am nächsten Tag teilte Mohan Emily mit, dass sie das Baby abtreiben müsse und dass er alle Vorbereitungen in einer Abtreibungsklinik getroffen habe. Emily konnte seine Worte nicht fassen.

"Du bist erst achtzehn Jahre alt, zu jung, um Mutter zu werden", sagte er.

"Aber ich will das Baby behalten", antwortete sie.

"Wir können uns jetzt kein Kind leisten", sagte Mohan.

"Du hast eine gute Praxis und verdienst ausreichend gut", argumentierte Emily.

"Ich brauche das Geld, um ein Haus zu kaufen", sagte er.

Emily sah Mohan mit wachsamen Augen an.

"Du hattest mir gesagt, das Haus gehöre dir", erwiderte Emily.

"Stell mich nicht in Frage", schrie Mohan, und die Drohung, die in seinen Worten lag, hallte in ihren Ohren wider und verschmolz mit ihrer Einsamkeit und ihrem Schweigen.

Es war eine Warnung; Emily bekam es mit der Angst zu tun; Mohan war ein anderer Mensch, oder er hatte begonnen, seine wahre Natur zu zeigen.

Emily schwieg. Aber sie war aufgeregt und wollte das Kind um jeden Preis retten. Sie versuchte, vor Mohan zu fliehen, doch es blieb ihr nichts anderes übrig. Ihr Bankguthaben war fast gleich Null, und es gab keine Möglichkeit, ihren Lebensunterhalt zu verdienen; sie konnte nirgendwo hin und hatte keine Verwandten. Sie fühlte sich unglücklich; plötzlich veränderte sich die Welt, und sie hatte Angst.

Am nächsten Tag teilte Mohan ihr mit, dass sie innerhalb von zwei Tagen in ein neues Haus umziehen würden, und dass sie vorher eine Abtreibung brauche. Emily schwieg.

"Sprich", erhob Mohan seine Stimme.

"Ich will mein Baby nicht abtreiben", murmelte sie.

"Gehorche, was ich sage", schrie er und schlug ihr zweimal ins Gesicht.

Es waren harte Schläge; Blut sickerte aus ihrer Nase. Für ein paar Sekunden herrschte Dunkelheit, sie hatte das Gefühl, zu Boden zu fallen. Der Schmerz war unerträglich; es war das erste Mal, dass sie jemand geschlagen hatte. Als sie ihr Gesicht unter dem

Wasserhahn wusch, schmeckte Emily Blut. Sie bedeckte ihre Nase mit einem Taschentuch, das sich innerhalb weniger Minuten mit Blut vollgesogen hatte. Emily weinte laut, aber Mohan stellte sich taub.

Sie ging ins Wohnzimmer und versuchte, sich hinzulegen; der unerträgliche Schmerz und die Blutung machten sie unruhig, und während sie mit der Wahrheit rang, verlor sie für ein paar Minuten das Bewusstsein.

An diesem Tag ging Emily nicht zum College, aber Mohan fuhr zum Gericht.

Am Nachmittag kam eine gut gebaute Frau, um Emily zu besuchen. Sie fuhr Mohans Auto und sagte Emily, Mohan habe sie gebeten, Emily zu ihrem neuen Haus zu bringen, wo er auf sie warten würde. Emily hatte einen leisen Zweifel, ging aber mit. Auf dem Weg dorthin sprachen die beiden nicht miteinander. Die Frau fuhr durch eine belebte Gegend, einen Marktplatz, und nach einer halben Stunde bildete sich ein Stau. Das Auto blieb eine weitere halbe Stunde stehen. Die Frau wurde ungeduldig, stieg aus, sagte, es habe einen Unfall gegeben, und ging voraus, um zu sehen, ob sie weiterfahren konnte.

Emily schaute durch das Fenster. Auf beiden Seiten befanden sich Hunderte von Geschäften und anderen Einrichtungen. Es war kein Wohngebiet, und sie war sicher, dass die Frau sie woanders hinbringen wollte. Etwa zweihundert Meter weiter konnte sie eine große Tafel mit rotem Hintergrund sehen, auf der stand: "ABTREIBUNGSKLINIK". Emily lief ein Schauer über den Rücken, der sich in ihrem Körper ausbreitete und ihre Illusion zerstörte. Ohne groß nachzudenken, öffnete sie die Tür und verschwand in der Menschenmenge.

Außer ihrer Handtasche hatte Emily nichts bei sich. Sie lief schnell und nahm eine Seitenstraße, einen Teil des alten Kochi. Sie rannte eine Stunde lang und war schon am Meeresufer. Hunderte von Fischerinnen verkauften dort Fisch und hockten zu beiden Seiten der Straße auf dem Boden. Dahinter lagen die großen chinesischen Netze; die Sonne brannte, die Luft war feucht, und das Meer war seltsam ruhig. Der Geruch von gebratenem Fisch in Kokosnussöl erfüllte die Luft. Sie ging schnell und bedeckte ihren Kopf mit ihrer Dupatta, aber sie wusste nicht, wohin sie gehen oder was sie tun sollte.

Sie war noch nie in dieser Gegend gewesen.

Emily war allein in der wimmelnden Menge, einsam wie eine streunende Katze, ängstlich und zaghaft, und sie hatte niemanden auf der Welt und keinen Ort, den sie ihr eigen nennen konnte. Aus ihrer Nase tropfte weiterhin Blut; ihre Finger waren leicht blutverschmiert, als sie sich die Nase abwischte. Es wurde dunkel in ihren Augen; ihr Kopf war schwer; sie setzte sich an den Straßenrand, wo eine Frau mittleren Alters Fisch verkaufte. Sie saß lange Zeit so da, als könne sie sich nicht bewegen, fühlte sich schwindlig und unwohl. Es waren einige Kunden da; die Frau war mit Wiegen, Putzen, Schneiden und Verpacken beschäftigt, ganz in ihre Arbeit vertieft. Ihre Tochter sortierte die Fische nach Sorte, Größe und Farbe. Immer mehr Kunden kamen, kauften Fisch und gingen wieder, manche allein, manche in kleinen Gruppen, Paare, immer wurde gefeilscht. Es war interessant, sie zu beobachten, denn alle waren beschäftigt, und jeder hatte einen Platz, an den er zurückgehen konnte, weil jemand auf jemanden wartete. Langsam verringerte sich die Zahl der Kunden, in langen Abständen kamen ein oder zwei, und dann war keiner mehr da. Emily saß da und beobachtete Mutter und Tochter, ein glückliches Duo, das ganz in seine Arbeit vertieft war. Sie hatten fast alles verkauft, und ihr Laden war fast leer, nur ein paar kleine Fischstücke waren noch übrig.

"Mama, lass uns gehen, es gibt keine Kunden mehr", sagte das Mädchen, etwa zwölf Jahre alt, während es die Reste in einem kleinen Korb sammelte.

Wie viel Uhr ist es?", fragte die Frau das Mädchen.

"Es ist halb elf", antwortete das Mädchen.

Die Straße war inzwischen fast leer, nur ein paar Fischerinnen waren noch da; auch sie sammelten die Reste in ihren Körben und falteten die Plastikplanen, auf denen sie den verkauften Fisch auslegten.

"Was sitzt ihr hier? Hast du keinen Fisch gekauft?", fragte die Frau Emily.

"Nein, ich habe keinen gekauft", sagte Emily.

"Warum bist du dann hier?", fragte die Frau.

Emily sah die Frau an; sie war etwa vierzig, kräftig gebaut und trug ein weites Kleid, das ihr bis zu den

Knien reichte. Ihre Augen waren groß und dunkel, sie hatte eine markante Nase und große Lippen. Wenn sie sprach, waren ihre Zähne deutlich zu sehen.

"Ich kann nirgendwo hingehen", sagte Emily.

Die Frau sah Emily ein paar Sekunden lang an, um Emilys Worte und Blicke zu bewerten.

"Was ist mit dir passiert? Ich kann sehen, dass Blut aus deiner Nase läuft", erkundigte sich die Frau.

"Ich bin gestürzt", antwortete Emily.

Inzwischen hatte das Mädchen ihre Arbeit beendet; die Körbe waren unversehrt, die Plastikfolien gefaltet, und die Messer waren sorgfältig in einem Lederbeutel verpackt und sicher verschnürt.

"Wenn du keinen Platz hast, wo wirst du dann schlafen?", fragte das Mädchen und sah Emily an. In ihrer Stimme lag Besorgnis.

"Bleib nicht über Nacht hier, es ist nicht sicher", sagte die Frau.

Emily sagte nichts.

"Mama, lass sie mit uns kommen. Sie kann in unserem Haus schlafen", sagte das Mädchen.

Die Frau schaute Emily noch einmal an.

"Komm mit uns", sagte die Frau.

Sie half Emily, aufzustehen. Auch wenn ihre Hände kalt waren, war ihre Berührung warm und fest. Das Mädchen begann zu gehen und trug die Körbe, in denen sie die Ledertasche aufbewahrte. In der rechten

Hand hielt sie zwei Eimer, in denen sich der unverkaufte Fisch befand. Die Frau nahm die gefaltete Plastikplane auf den Kopf.

"Gib mir die Eimer, ich kann sie halten", sagte Emily zu dem Mädchen.

Das Mädchen sah Emily an.

"Das mache ich jeden Tag. Nach der Schule komme ich um sechs Uhr abends hierher und sitze bis halb elf bei Mama", sagte das Mädchen.

"Aber heute kann ich es halten", sagte Emily.

Das Mädchen gab Emily die Eimer mit den Fischen, und Emily fühlte sich gut, als wäre sie ein Teil der Familie geworden. Sie gingen etwa eine Viertelstunde am Meeresufer entlang und erreichten eine Ansammlung von langen Schuppen, sechs an der Zahl; jeder Schuppen hatte zehn Häuser, und die Mutter und die Tochter wohnten in der fünften Hütte, dem zweiten Haus. Das Haus war weiß gestrichen, sauber gehalten und hatte ein Wohnzimmer, ein Schlafzimmer, eine Küche und eine Toilette in einer Ecke.

Der Ehemann der Frau war bettlägerig; er war Lastwagenfahrer, und einmal während des Monsuns, als er die Western Ghats erklomm, stürzte sein Lastwagen in eine Schlucht. Sein Rückenmark war gebrochen, und er war acht Jahre lang arbeitsunfähig. Die Tochter kümmerte sich um ihren Vater wie eine Krankenschwester. Die Frau war rücksichtsvoll und liebevoll zu ihrem Mann.

Die Frau zeigte Emily das Badezimmer. Emily wusch ihre Kleider, nahm ein warmes Wasserbad und trug ein Nachthemd, das ihr das Mädchen geschenkt hatte. Gegen Mitternacht aßen sie gemeinsam zu Abend, mit warmem Reis, gebratenem Fisch und Gemüse. Emily schlief auf dem Boden des Wohnzimmers auf einer Matratze, die mit einem Baumwolltuch bedeckt war. Die Nacht war kalt, und sie deckte sich mit einer dünnen Decke zu. Emily schlief gut. Als sie gegen sechs Uhr morgens aufstand, war die Frau in der Küche beschäftigt, und das Mädchen lernte. Um sieben Uhr frühstückten sie - Puttu, Kadala-Curry, Bananen und Filterkaffee. Die Frau erzählte Emily, dass sie um acht Uhr morgens zur Küste fahren würde, um Fisch zu kaufen und von Tür zu Tür zu verkaufen, und dass sie um ein Uhr nachmittags zurück sein würde, um Essen zu kochen, ihren Mann zu füttern und um drei Uhr wieder Fisch zu kaufen und ihn bis zehn Uhr dreißig nachts zu verkaufen. Das Mädchen ging gegen neun Uhr zur Schule und kam um vier Uhr abends zurück. Ab sechs würde sie ihrer Mutter helfen.

Die Frau hatte zwei Essenspakete in einer mit weißem Papier umwickelten Brotdose vorbereitet.

"Bitte nimm sie mit, du wirst vielleicht hungrig sein; du kannst sie unterwegs essen, wo immer du hingehst", sagte sie.

"Ich danke Ihnen sehr. Ich weiß nicht, was ich sagen soll", sagte Emily.

"Ich habe fünfzig Rupien in der Tasche aufbewahrt; das würde für Ihre Ausgaben für zwei Tage reichen, abgesehen von den Buskosten", sagte die Frau und gab ihr eine kleine Umhängetasche mit ein paar frischen Kleidern und zwei Flaschen Wasser.

Emily weinte. Ihr Herz war von Dankbarkeit erfüllt.

"Tschüss", sagte das Mädchen.

"Viel Spaß noch", wünschte die Frau.

Emily ging zu Fuß und dachte daran, nach Alappuzha zu fahren, das dreiundfünfzig Kilometer entfernt lag. Da sie keinen Bus innerhalb der Stadt nehmen wollte, nahm sie einen kleinen Lastwagen in Richtung Süden. Innerhalb einer Stunde erwischte sie einen anderen Lastwagen, der nach Kuttanad vis Alappuzha fuhr, um lebende Enten in die Stadt zurückzubringen. Der Platz neben dem Fahrer war frei, und er bot ihn Emily an, ohne ein Entgelt zu verlangen. Innerhalb einer Stunde erreichten sie Alappuzha, und Emily dachte daran, zu den Entenfarmen in zehn bis fünfzehn Kilometern Entfernung zu fahren.

In Kuttanad gab es Hunderte von Entenzüchtern. Emily fuhr mit dem Fahrer zu sechs Entenfarmen, wo der Fahrer vierhundert Enten kaufte. Der Bauer hatte mehr als fünfzehnhundert Enten, außerdem etwa fünfhundert Entenküken. Emily fragte ihn, ob er ihr einen Job geben könne.

Der Bauer, seine Frau und ihre beiden Kinder waren in der Entenzucht tätig, und zwei Vollzeitkräfte brachten die Enten tagsüber zu verschiedenen Reisfeldern. Sobald die Eier geschlüpft und die Entenküken ausgewachsen waren, zogen sie zwölf Monate lang ständig von einem Reisfeld zum anderen. Viele Enten legten ihre Eier auf den Feldern ab, und die Arbeiter sammelten sie in Körben ein. Am Abend brachten sie die Eier zusammen mit den Enten zurück in den Hof. Einige Enten legten Eier im Hof. Enten, die älter als zwölf Monate waren, wurden als Fleisch verkauft.

Nach Rücksprache mit seiner Frau bot der Bauer Emily eine Stelle für eine monatliche Vergütung von fünfhundert Rupien und eine Unterkunft in einer an den Entenhof angeschlossenen Hütte an, die über ein Zimmer, eine Kochstelle und eine winzige Toilette verfügte. Emily freute sich über das Jobangebot, und ihre Arbeit bestand darin, Eier in Eierkartons zu verpacken und sie mit dem Namen des jeweiligen Betriebs zu versiegeln. Jeden Tag gab es etwa siebenhundertfünfzig bis achthundert Eier. Emily musste ein Buch über die Eier und die lebenden Vögel führen, die an verschiedene Agenturen verkauft wurden, über die erhaltenen Gelder, die gezahlten Löhne, das gekaufte Futter und andere Ausgaben.

Die Reisbauern von Kuttanad förderten die Entenzucht, da sie lukrativ war. Die Enten brauchten keinen Schlafplatz, aber sie wurden in einem eingezäunten Bereich, dem so genannten Entenhof, gehalten, der an das Reisfeld angrenzte und in der Nähe des Hauses lag, geschützt vor Raubtieren. Emily gefiel die Arbeit, und sie war den ganzen Tag über beschäftigt. Die Bäuerin war freundlich; sie gab Emily fast jeden Tag gekochtes Essen, darunter Entencurry, gebratenen Fisch und verschiedene Reisgerichte. Als sie erfuhr, dass Emily schwanger war, brachte sie sie regelmäßig zu einem Gynäkologen, der sie beriet und medizinisch betreute.

Plötzlich breitete sich die Vogelgrippe in Kuttanad aus, als Emily im siebten Monat in der Bauernfamilie war. Die Krankheit breitete sich schnell aus, und jeden Tag starben Tausende von Enten. Die Regierung schickte Freiwillige, um die Vögel in dem betroffenen Gebiet zu keulen. Auf Emilys Hof wurden innerhalb von drei Tagen praktisch alle Enten gekeult und ihre Kadaver auf dem Feld verbrannt. Bald wurde Emily arbeitslos, und der Bauer verlor mehrere tausend Rupien. Die Frau des Landwirts bot Emily an, sie könne bei ihr wohnen, und sie würden alle Kosten für ihre Entbindung übernehmen. Aber Emily wollte sie nicht belasten und verließ sie am nächsten Tag früh.

Auf der Suche nach Arbeit nahm sie ein Boot nach Kumarakom, wo es viele Hausboote und Restaurants gab; Hunderte von Touristen aus dem Ausland und aus verschiedenen Bundesstaaten Indiens besuchten die Touristenorte rund um die Backwaters von Kuttanad. Da sie schwanger war, lehnten viele Hausboote und Restaurants ihre Bitte um einen Job ab. Emily wanderte auf der Suche nach einem Job bis zum Abend durch die Straßen. Als es dunkel wurde, entdeckte sie ein mit Palmblättern gedecktes Restaurant am Wegesrand, das von einer Frau und ihrem Mann betrieben wurde. Sie waren beide Bengali. Sie hatten zwei Kleinkinder. Emily fragte sie, ob sie mit ihnen zusammenarbeiten könne, um den Kunden Tee und Essen zu servieren und auch das Geschirr zu waschen und zu reinigen. Das Ehepaar war freundlich und sagte ihr, sie seien bereit, ihr einen Arbeitsplatz zu geben, und sie könne dort essen und schlafen.

Das Restaurant bot hauptsächlich bengalische Gerichte an; die meisten Kunden waren Arbeiter aus Bengalen, Odisha und Assam, die zum Frühstück, Mittag- und Abendessen kamen. Auf der Speisekarte standen vor allem Reis, verschiedene Fischgerichte, verschiedene Süßigkeiten und Tee. Emilys Aufgabe war es, das von der Frau gekochte Essen zu servieren. Ihr Mann putzte das Restaurant, wusch das Geschirr ab und erledigte den Einkauf. Emily aß mit dem Ehepaar und schlief auf dem Boden. Emilys Tage bei ihnen waren glücklich, denn ihre Arbeitgeber behandelten sie mit Respekt und Fürsorge.

Dann kam die Polizei; sie war rücksichtslos. Da das Restaurant am Straßenrand, auf Porompokku, also auf staatlichem Land, errichtet worden war, demontierte die Polizei den Schuppen innerhalb von zehn Minuten und verbrannte ihn. Es blieb nichts übrig, sogar die Utensilien wurden zerstört. Das bengalische Ehepaar hatte alles verloren, ihre Kinder standen auf der Straße und weinten.

Die Frau umarmte Emily, weinte und gab ihr fünfhundert Rupien für die Arbeit für zwei Monate.

Emily ging zu Fuß nach Kottayam, eine Strecke von etwa fünfzehn Kilometern. Sie hatte neunhundertfünfzig Rupien in ihrer Handtasche und wollte sich in einer Entbindungsklinik einweisen lassen. Nach etwa fünf Kilometern hielt ein Auto vor ihr; eine Frau im Auto fragte Emily, wohin sie wolle, und sie antwortete, sie wolle zum Jubilee Park, Kottayam, da sie wisse, dass es in der Nähe einige Entbindungskliniken gebe. Die Frau half ihr beim Einsteigen ins Auto, und innerhalb von fünfzehn Minuten war sie im Jubilee Park. Als sie aus dem Auto stieg, fühlte sich Emily müde; sie wollte sich wieder setzen. Sie schlenderte in den Park und setzte sich stundenlang auf eine Bank. Als Kurien, ein dunkler, kleiner Mann, vor ihr stand, wusste sie, dass jemand da war, der ihr helfen konnte. Kurien hatte ein Herz voller Empathie. Als die Polizei von Karnataka Kurien angriff und tötete, sahen sie nicht, dass er ein pulsierendes Zentrum war, das Emily und Thoma Kunj liebte; für sie war die Liebe zu einer Familie unerheblich und nicht existent. Mit jedem Schlag auf sein Gesicht, seine Brust und seinen Bauch bauten sie den Galgen für Emily, und ihr Schafott war ein Kreuz, das vor ihrer Kirche in Ayyankunnu stand. Thoma Kunj sah sie über dem nackten Jesus hängen, der vor zweitausend Jahren am Stadtrand von Jerusalem starb. Kurien starb auf der Mysore-Kannur-Autobahn in der Nähe von Makkoottam im Wald, und Emily lag vor den Gläubigen Christi.

Der Galgen von Thoma Kunj wurde im unabhängigen Indien errichtet, wo stumme Mörder gehängt wurden, die lautstarken aber zu Politikern und Ministern wurden. Der Galgen stand dort im Namen von Hammurabi, Bentham und Mohan. Der Galgen hatte zwei Schlingen für zwei Verurteilte; Thoma Kunj wusste es, als er gehört hatte, wie sich Lebenslängliche darüber unterhielten. Die Regierung setzte den Galgen gegen ihre Bürger ein, wie die Guillotine im Schlachthof von George Mooken für die Schweine. Aber am Galgen waren die Menschen die Schweine.

DIE SCHLINGE

Odysseus und sein Sohn Telemachus hängten zwölf Mägde mit Schleifen an den Galgen, weil sie der Meinung waren, dass ihre Dienerinnen Odysseus in seiner Abwesenheit untreu geworden waren. In der neunten Klasse erklärte der Lehrer eine Passage aus der Odyssee, und Thoma Kunj war aufmerksam.

"Wer ist der Autor der Odyssee, und in welcher Sprache hat er geschrieben?", fragte der Lehrer Ambika.

"Der Autor der Odyssee ist Homer, und er hat auf Griechisch geschrieben", antwortete Ambika.

Welche Art von Literatur ist die Odyssee?" Die Frage richtete sich an Appu.

Appu schaute sich um, da er keine Antwort wusste. Der Lehrer wiederholte die Frage und bat Thoma Kunj, sie zu beantworten.

"Es ist ein episches Gedicht", sagte Thoma Kunj.

Wer kann sagen, was das zentrale Thema der Odyssee war?" Der Lehrer schaute alle an und fragte.

"In der Klasse herrschte Schweigen, als ob die Schüler tief nachdächten; Thoma Kunj hob seine rechte Hand, und der Lehrer erlaubte ihm zu sprechen.

"Es gibt drei Hauptthemen in der Odyssee - Gastfreundschaft, Treue und Rache", erklärte Thoma Kunj.

"Du hast gut geantwortet; wo hast du das gelernt?", fragte der Lehrer und gratulierte ihm.

"Meine Mutter hatte mir die Geschichten vieler Epen erzählt, das Mahabharata, das Ramayana, die Odyssee, Silappathikaram, das Gilgamesch-Epos und das verlorene Paradies. Sie war eine gute Geschichtenerzählerin, und ich habe viel von ihr gelernt", erzählte Thoma Kunj.

Der Lehrer und die anderen Schüler hörten ihm schweigend zu. Sie wussten, dass Emily vor einem Jahr gestorben war, und Thoma Kunj setzte sein Studium trotz seiner Depressionen fort. An den Wochenenden und in den Ferien arbeitete er im Schweinestall von George Mooken, obwohl George Mooken und Parvathy ihre Bereitschaft bekundeten, ihn zu adoptieren. Aber Thoma Kunj bestand darauf, unabhängig zu leben und zu arbeiten, um seinen Lebensunterhalt zu verdienen.

Emily erzählte die Geschichte von Odysseus, dem König von Ithaka. In den Epen wurde sein Kampf um die Heimkehr nach dem Trojanischen Krieg und seine Heldentaten bei der Wiedervereinigung mit seiner Frau Penelope und seinem Sohn Telemachus geschildert. Homer wurde von den Konzepten des Schicksals, der Götter und des freien Willens beeinflusst. Die Menschen waren mit einem freien Willen ausgestattet und für ihre Handlungen verantwortlich, was die zentrale Philosophie des Epos darstellte. Der Begriff des freien Willens war die zentrale Säule des griechischen Denkens, die die westlichen Vorstellungen von menschlicher Freiheit beeinflusste. Religionen, Philosophien, Literatur, Recht und Politik entwickelten sich auf der Grundlage des freien Willens und blühten auf. Daneben gab es bestimmte Kräfte, die das Leben der Menschen prägten, wie Frömmigkeit, Sitten, Gerechtigkeit, Erinnerung, Trauer, Ruhm und Ehre, die jedoch dem freien Willen untergeordnet waren. Es war schön, Emily beim Erzählen der Geschichten zuzuhören, und Thoma Kunj saß neben ihr und war in ihre Worte vertieft.

"Wir sind zu einem großen Teil für unsere Handlungen verantwortlich, aber nicht vollständig", sagte Emily.

"Warum sind wir nicht verantwortlich?" Thoma Kunj stellte eine Frage.

"Wir sind das Produkt von Natur und Erziehung. Bestimmte Dinge in uns und um uns herum formen uns; wir können sie nicht ändern, nur akzeptieren. In einigen Aspekten unseres Lebens sind wir die Schöpfer, also können wir uns ändern und sind für diese Handlungen verantwortlich", führte Emily aus.

Thoma Kunj hatte eine andere Meinung.

Der freie Wille sei ein Widerspruch. Wenn die Menschen frei wären, wären sie dazu bestimmt, frei zu sein, und sie könnten nicht frei sein. Wenn die Menschen nicht frei wären, wären sie zwangsläufig unfrei, und ein freier Wille könnte nicht existieren. Die

Menschen waren wie das Vieh im Schweinestall von George Mooken: Sie wollten nie geboren werden, waren nie daran interessiert, kastriert zu werden, und wollten nie guillotiniert werden. Die Welt war ein riesiger Schlachthof, den Gott geschaffen hatte, und jeder Mensch war ein Ferkel, das kastriert werden musste, um in den Himmel zu kommen. Gott schuf Himmel und Erde, ein Rätsel für Thoma Kunj; entweder reichte der Himmel oder die Erde, und beide waren unnötig. Gott hätte sich zurückhalten sollen, die Menschen auf der Erde zu testen, bevor er sie in den Himmel oder die Hölle schickte. Thoma Kunj lachte leise, als er darüber nachdachte, allein zu Hause.

"Glaubst du an Himmel und Hölle?" fragte Thoma Kunj Ambika, seine beste Freundin, während sie zur Schule gingen.

Nein", sagte Ambika.

"Warum?" Fragte Thoma Kunj.

"Mein Vater hat mir gesagt, dass alle Religionen auf erfundenen Geschichten und nicht auf historischen Fakten beruhen. Wie die Odyssee ist jede Religion aus der Fantasie ihrer Verfasser und Gründer entstanden, wie unser Lehrer im Unterricht erklärt hat."

"Was ist dann keine Fälschung?" fragte Thoma Kunj.

"Für meinen Vater ist allein der Kommunismus nicht falsch. Er ist die Stimme der Unterprivilegierten, der Unterdrückten, der Arbeiter." Ambika antwortete.

"Vertraust du den Worten deines Vaters?", fragte Thoma Kunj.

"Natürlich, er lügt nicht", sagte Ambika mit Überzeugung.

Thoma Kunj wollte Ambika fragen, warum sein Vater und seine Freunde die Häuser ihrer politischen Gegner überfielen, sie mit Beilen in Stücke schnitten oder selbstgebaute Bomben in ihre Häuser warfen. Es gab viele Morde in ganz Kerala durch die Jugendorganisation, in der Ambikas Vater aktiv war, und andere übten Vergeltung oder initiierten manchmal Gewalt. Aber Thoma Kunj fragte Ambika nicht, da er sie nicht verletzen wollte.

Ambikas Vater war der führende Parteimitarbeiter in Kannur und hatte Hunderte von Jugendlichen unter sich, die alles für ihn und seine Chefs taten. Viele seiner Kameraden hatten keine Arbeit, da sie ständig mit Agitationen, Protesten, Brandstiftung, Gewalt und Morden beschäftigt waren. Kleinindustrien, Bildungseinrichtungen und die Jugendorganisation anderer politischer Parteien waren ihre Ziele. Aufgrund ihrer Bemühungen mussten viele Industrien in Kerala ihre Tore schließen, und Ambikas Vater und seine Anhänger feierten ihren Sieg mit Alkohol und Tandoori-Hühnchen. Arbeitslosigkeit und Unterbeschäftigung waren notwendig, um die enttäuschte Jugend für sich zu gewinnen. Sie sprachen sich lautstark gegen die USA aus und versuchten insgeheim, um jeden Preis eine Green Card zu bekommen. Ihre Elite besuchte häufig die Vereinigten

Arabischen Emirate, europäische Länder und die Vereinigten Staaten, um Geschäfte zu machen und sich medizinisch behandeln zu lassen. Einige schmuggelten Drogen, Gold und Luxusgüter.

Thoma Kunj hatte Dutzende junger Männer gesehen, die mit Eimern von Haus zu Haus zogen, um Bargeld und verpackte Lebensmittel zu sammeln. Am Abend waren ihre Eimer voll. Es gab keinen Zwang, Geld zu geben, aber diejenigen, die nicht zahlen wollten, mussten die Erfahrung machen, dass die jungen Brigaden sie mit Waffengewalt überreden konnten.

Amika erzählte Thoma Kunj viele Geschichten über ihren Vater, während sie gemeinsam zur Schule gingen. Sie vertraute ihm und liebte ihn. Ambika war in der Klasse, als Thoma Kunj Appu schlug.

Thoma Kunj war für seine Tat verantwortlich, erklärte der Schuldirektor, denn er schlug Appu ins Gesicht, und seine Zähne fielen aus. Das war das erste und letzte Mal, dass Thoma Kunj mit jemandem wild wurde. Er konnte sich nicht beherrschen; die Reaktion übertraf seine Erwartungen. Niemand fragte nach, was Thoma Kunj, einen wohlerzogenen Jungen ohne gewalttätige Vergangenheit, provoziert hatte. Niemand kümmerte sich um Appus unflätiges Mundwerk.

"Deine Mutter war eine Veshya", sagte Appu zu Thoma Kunj in der Klasse, als der Lehrer abwesend war. Er war eifersüchtig auf Thoma Kunj, da er ein guter Schüler war, fast alle Fragen in der Klasse beantwortete und recht gut Englisch sprach. Was Appu aufregte, war, dass Thoma Kunj die Fragen des

Lehrers beantworten konnte und sagte, dass seine Mutter Geschichten aus verschiedenen Epen beschrieben hatte. Appu brannte vor Eifersucht; er war entschlossen, Thoma Kunj vor allen Schülern, insbesondere den Mädchen, zu demütigen. Appu wusste, dass Thoma Kunj eine besondere Zuneigung zu Ambika hatte, und er wartete auf eine Gelegenheit, Thoma Kunj vor ihr zu demütigen. Das Beste, was er tun konnte, war, schlecht über Thoma Kunjs tote Mutter zu sprechen. Appu hatte von seinem Freund gehört, dass der Vikar sie in seiner Sonntagspredigt eine Veshya nannte. Für Appu war das das passendste Wort, um Thoma Kunj zu verhöhnen.

Thoma Kunj war größer, muskulöser und stämmiger als Appu. Kurien war klein, und Appu hatte sich bereits die Frage gestellt, warum Thoma Kunjs Vater nicht wie er aussah. Er lachte laut, was Thoma Kunj hasste, aber er hegte keinen Groll gegen Appu.

"Thoma Kunj, sei nicht so arrogant; jeder weiß über deinen Vater und deine Mutter Bescheid. Sogar Ambika wusste, dass deine Mutter eine Veshya war", brüllte Appu, und die ganze Klasse sah Thoma Kunj an. Er mochte es nicht, wenn jemand schlecht über seine Eltern sprach, besonders nicht über seine Mutter. Sie war eine gute Frau mit einem goldenen Herzen, sie liebte ihn über alle Maßen, und er konnte niemals akzeptieren, dass jemand sie erniedrigte. Sie war der Mut in Person und kämpfte gegen das Böse in der Gesellschaft, gegen diejenigen, die sie betrogen und verletzt hatten. Thoma Kunjs Augen brannten vor

Wut. Er ballte seine Hände zu einer Faust; Thoma Kunj schlug Appu mit all seiner Kraft ins Gesicht.

Appu wurde bewusstlos und wurde sofort von den Lehrern in die medizinische Grundversorgung gebracht. Innerhalb eines Tages erstattete sein Vater auf der Polizeistation Anzeige gegen Thoma Kunj, den Klassenlehrer und den Schulleiter. Appu wurde innerhalb eines Tages in ein Krankenhaus verlegt und blieb dort zwei Wochen lang. Es wurden Operationen durchgeführt, um seine Zähne, sein Zahnfleisch und seine Lippen zu richten.

Der Schuldirektor brüllte; seine Augen quollen hervor. Es war das erste Mal, dass Thoma Kunj in seiner Kabine war. Ein paar andere Lehrer waren anwesend; keiner zeigte Mitleid mit Thoma Kunj, als ob es nicht schlimm und folgenlos wäre, seine Mutter eine Prostituierte zu nennen. Thoma Kunj sah die Lehrer nicht an, denn er konnte ihre Reaktionen lesen. Sein Klassenlehrer war da, der Thoma Kunjs Leistungen im Unterricht und bei Tests oft lobte. Aber auch der Klassenlehrer war still.

"Warum hast du Appu geschlagen?", donnerte der Schulleiter.

Appu beschimpfte seine tote Mutter und nannte sie eine Prostituierte, war die Antwort, und Thoma Kunj dachte, dass dies eine solide Antwort sei, die ausreicht, um seine Schuld zu tilgen. Appu stammte aus einer besser gestellten Familie; er hatte Eltern, die sich um sein Wohlergehen kümmerten. Aber Thoma Kunj war ein Waisenkind; er hatte niemanden außer Parvathy und George Mooken. Diejenigen, die Eltern hatten, waren stärker; Thoma Kunj wusste das genau. Selbst ein Tigerjunges im Ayyankunnu-Wald konnte kein verwaistes Leben führen; Hyänen warteten darauf, es zu fressen. Im Dubare Elefantencamp bei Kushalnagara hatte er ein etwa sechs Monate altes Elefantenkalb gesehen, das keine Mutter hatte. Es war einsam und hilflos, wie ein Mann, der nicht weiß, wie man in den Fluten von Barapuzha schwimmt. Es reichte nicht aus, klug zu sein oder in Klassenarbeiten gute Noten zu erzielen, man brauchte auch die Unterstützung und den Schutz der Eltern. Thoma Kunj war einsam, wie ein Hund mit Kuchen oder ein Schwein, das zur Guillotine gebracht wurde.

"Versuchen Sie nicht, sich zu wehren", rief der Schulleiter.

Thoma Kunj schaute ihn an. In der rechten Hand hielt er einen Stock.

Ein Schlag nach dem anderen traf seinen Rücken und sein Gesäß. Jemand schlug Thoma Kunj zum ersten Mal, und der Stock fiel immer wieder auf ihn, als würde er ihn häuten. Kein Lehrer flehte um Gnade, und niemand kümmerte sich um seine Schmerzen. Ein halbes Dutzend erwachsener Männer brüllte und grölte.

Thoma Kunj fühlte sich verletzt, weil kein Lehrer gegen die Schläge reagierte.

"Schlagt mich nicht", flehte Thoma Kunj.

Plötzlich herrschte Stille. Es war wie die Stille nach einem Gewitter.

"Was hast du gesagt? Wie kannst du es wagen, dem Schulleiter zu befehlen?", schrie der Klassenlehrer.

Der Klassenlehrer setzte die Schläge auf Thoma Kunjs Schultern und Brust fort.

"Wehren Sie sich nicht. Was du getan hast, war ein schweres Vergehen", schrie der Klassenlehrer, während er Thoma Kunj verprügelte.

"Wehre dich nicht, wehre dich nicht, wehre dich nicht", hörte Thoma Kunj das Echo tausendmal. Die Wände des Schulgebäudes hallten es zyklisch wieder.

"Hör auf!" rief Parvathy und stürmte in die Kabine. Es war ein Befehl.

Die Lehrer sahen sie ungläubig an, und es herrschte absolute Stille.

"Wie herzlos seid ihr? Ihr grausamen Männer schlagt ein Kind wie einen tollwütigen Hund. Er hat etwas Falsches getan, aber das bedeutet nicht, dass ihr eine kriminelle Bande bilden könnt, um ihn zu verprügeln. Ihr habt kein Recht, ihn so grausam zu häuten. Er ist ein Waisenkind; das bedeutet nicht, dass du einen Freibrief hast, ihn zu töten." Parvathys Worte waren wie ein Wind, der mit einer noch nie dagewesenen Kraft gegen das mächtige Sahyadri schlug, Bäume entwurzelte und die Felsen erschütterte.

Parvathy führte Thoma Kunj zu ihrem Jeep und raste davon.

Innerhalb eines Tages nahm der Richter des Jugendgerichtes Thoma Kunj in Gewahrsam. George Mooken und Parvathy kamen sofort zum Gericht und verbürgten sich für sein gutes Verhalten. Der Richter entließ Thoma Kunj unter George Mookens und Parvathys Obhut und Schutz.

Thoma Kunj war einen Monat lang bettlägerig. Parvathy blieb Tag und Nacht bei ihm, kochte sein Essen, fütterte und pflegte ihn. Sie organisierte einen Arzt, der ihn jeden Tag besuchte, und eine Krankenschwester, die sich um ihn kümmerte.

Innerhalb eines Monats erhielt Thoma Kunj einen Bescheid von der Schule, in dem ihm die Rustikalisierung mitgeteilt wurde. Bald darauf eilte George Mooken zur Schule, aber der Schulleiter war unnachgiebig. George Mooken flehte den Schulleiter an, Thoma Kunj ein Versetzungszeugnis auszustellen, damit er eine andere Schule besuchen konnte; doch der Schulleiter lehnte seine Bitte ab.

Das war das Ende von Thoma Kunjs Ausbildung; sein Traum war es, Ingenieur zu werden, und er weinte viele Tage lang. Es war nicht leicht, sich ein Leben ohne Bildung vorzustellen, sich Wissen anzueignen und keinen beruflichen Abschluss zu erlangen. Anhaltende Verzweiflung hüllte ihn in das Gefühl des Scheiterns ein; es war wie der Nebel, der Ayyankunnu tagelang bedeckte, die Hügel umgab und sich über die Kokosnuss- und Gummibäume legte. Thoma Kunj weinte wie ein Ferkel, das kastriert wurde, denn er konnte nicht glauben, dass ihn das schlimmste

Schicksal ereilte. Er hatte Alpträume vom Kampf gegen riesige Kreaturen, die ihn verhöhnen wollten. Er grübelte über die Verantwortung für seine Taten und verbrachte schlaflose Nächte damit, sich zu schämen. Demütigung überkam ihn, als hätte er etwas Unverschämtes, ja Verruchtes getan, das sich nicht rächte. Es gab kein Entkommen, und er musste sein ganzes Leben lang leiden, ohne irgendeine Erlösung zu finden, denn die Last des Lebens war allgegenwärtig, bedrückend und gigantisch.

Thoma Kunj fühlte sich in einer ausweglosen Situation erdrückt und fürchtete sich vor seinem Schicksal. Er erwog, seine Taten zu verteidigen, aber die Worte des Klassenlehrers trafen ihn wie ein Hagelsturm, ein Vorbote eines Wirbelsturms, der sogar Kokospalmen entwurzelte. Manchmal überkam ihn tagelang die Reue darüber, Appu geschlagen zu haben, und Thoma Kunj schlug sich immer wieder selbst ins Gesicht. Das Gefühl, nicht gut genug zu sein, erdrückte ihn, und er schrie: "Ich werde mich niemals verteidigen, koste es, was es wolle." Es war ein Gelübde, ein Schwur im Namen seiner Mutter Emily.

Depressionen zermürbten seine Gedanken.

Ein Mann war nicht dazu da, sich selbst zu verteidigen, sondern für andere. Aber er würde sich im Sumpf des Egoismus der anderen verlieren. Die Menschen waren egoistisch und versuchten, sich selbst zu retten. Es war ein beklemmendes Gefühl, und Thoma Kunj war sich seiner Emotionen bewusst, etwas, das ständig in seiner Brust brannte, ein Vulkan, der jederzeit ausbrechen konnte. Er fragte sich, ob seine Entscheidung, sich nicht zu verteidigen, klug war, eine rationale Entscheidung. War es eine Replik, ein Echo seines Versagens und seiner Verzweiflung? Die ständige Besorgnis über seine Entscheidung zerriss ihn in tausend Stücke. Er spürte Muskelverspannungen am ganzen Körper und hatte Schwierigkeiten zu gehen, irgendetwas zu tun, sogar zu essen und sich hinzulegen. Parvathy bat ihn, sich auf seine tägliche Routine zu konzentrieren und seinen Geist von den tragischen Ereignissen in seinem Leben zu befreien. Thoma Kunj schaute Parvathy lange an, aber er hatte keine Worte, um seine Ängste und Sorgen auszudrücken, und sein Verstand war manchmal unlogisch. Thoma Kunj weinte wie ein Kind, das in der Nähe von Parvathy saß. Er dachte an Emily und spürte ihre Gegenwart; für ihn wurde Parvathy zu seiner Mutter.

Es dauerte etwa sechs Monate, bis Thoma Kunj sich von seiner Depression erholte, und er verstand, dass er nur dank Parvathy wieder zu sich selbst fand. Thoma Kunj wuchs zu einem neuen Menschen heran und äußerte gegenüber Parvathy und George Mooken den Wunsch, in ihrem Schweinestall zu arbeiten. Bald nahm Thoma Kunj seine Arbeit auf und lernte die Technik der Kastration der Ferkel, etwa zwanzig bis fünfundzwanzig pro Monat. In der übrigen Zeit arbeitete er als Klempner, Elektriker und Buchhalter für George Mooken.

Thoma Kunj renovierte sein Haus, das von Emily und Kurien gebaut worden war. Im Wohnzimmer hängte er ein großes Foto auf, auf dem er mit seinen Eltern saß, als er etwa zehn Jahre alt war, kurz vor dem Tod seines Vaters. Vor dem Einschlafen sprach er eifrig mit ihnen, erzählte ihnen, was an diesem Tag geschehen war, und erklärte ihnen jedes Ereignis. Er konnte hören, wie sie mit ihm sprachen, und das Gespräch dauerte eine Stunde lang.

Die Arbeit mit Parvathy und George Mooken war eine Freude; jeden Abend freute sich Thoma Kunj darauf, sie am nächsten Tag zu treffen. Außer an Festtagen wie Onam und Weihnachten entschuldigte er sich dafür, nicht mit ihnen zu essen, obwohl sie darauf bestanden, jeden Tag zu essen. Er wollte unabhängig sein, seine Freiheit und Stille ausleben.

Thoma Kunj schätzte ihre Gesellschaft, da sie ihn liebten, respektierten und ihm vertrauten.

Es war ein Sonntagmorgen. "Thoma Kunj", es war eine Stimme, auf die er seit Monaten gewartet hatte. Als er auf dem Hof stand und Thoma Kunj ansah, füllten sich Ambikas Augen mit Glück.

"Ich wollte dich besuchen kommen. Jeden Tag denke ich an dich, und ich fühle eine Leere. Auf dem Weg zur Schule habe ich viele Tage nach dir gesucht. Warum hast du aufgehört, zur Schule zu gehen? Mein Herz war schwer, nachdem ich dich viele Tage lang nicht gesehen hatte. Bitte komm zurück in die Schule", sagte Ambika und rang nach Atem, aber ihr Gesicht strahlte Hoffnung aus.

"Ambika, mir ging es nicht gut. Aber jeden Tag habe ich an dich gedacht. Ich bin so froh, dich zu treffen", antwortete er.

"Warum gehst du nicht wieder zur Schule?"

"Ich wurde exmatrikuliert. Ich bin kein Schüler mehr. Der Schuldirektor hat sich geweigert, mir ein Versetzungszeugnis für eine andere Schule auszustellen", sagte Thoma Kunj. Seine Worte waren klar und sanft, ohne Hass oder Rache.

Ambika sah ihn überrascht an, als könne sie nicht glauben, was sie da gehört hatte. Es gab einen plötzlichen Ausbruch von Emotionen. Er konnte sehen, wie sie schluchzte und ihren Kummer zum Ausdruck brachte.

"Thoma Kunj, ich liebe dich. Wenn ich groß bin, möchte ich dich heiraten", sagte Ambika und sah ihm in die Augen. Die Wahrheit kam aus ihrer Seele und pochte wie ihr Herz. Zum ersten Mal sprach sie über die Liebe, und zwar ohne Förmlichkeit, in einfachen Worten.

"Auch ich liebe dich, Ambika. Ich denke oft an dich. Ich habe geträumt, dass wir beide zusammen durch den Fluss schwimmen." Thoma Kunj sagte es langsam und sah ihr in die Augen.

"Ich werde auf dich warten, auf dich allein", sagte sie, als sie ging.

Plötzlich berührte jemand Thoma Kunj, eine Hand, die die kraftvollste, stärkste und gleichzeitig liebevollste war, die er je erlebt hatte, abgesehen von seinen Eltern. Die Hand Gottes. Er spürte sie deutlich, als die Hand ihn sanft zum endgültigen Bestimmungsort, unter den Galgen, führte. Auf diese Hand hatte er viele Jahre, ja eine Ewigkeit lang gewartet. Für eine Sekunde war sein Geist aufgewühlt, aber er versuchte, auf die Stimmen um ihn herum zu hören, obwohl überall Stille herrschte. Es war wie ein Gefühl von elektrischem Strom, der vom Finger des Unendlichen ausging und in seinen Körper zurückkehrte. Fasziniert von der Nähe der Ewigkeit, einer einmaligen Erfahrung, betrachtete Thoma Kunj sich selbst. Es war die Erfahrung der Schöpfung, der Beginn des Universums, das Entstehen eines neuen Adam aus dem Lehm, wie ein Töpfer, der einen Topf formt, wohltuend, sanft und alles durchdringend. Er war der Mann, der aus Eden in die Dunkelheit des Gefängnisses verstoßen wurde. Er war der Unschuldige, der das Verbrechen auf seinen Schultern trug wie ein Kreuz auf dem Kalvarienberg. Die Hand, die ihn berührte, war die des Henkers, und Thoma Kunj wusste es. Gott verwandelte sich in den Henker, und Thoma Kunj war der Christus, und er trat vor, und seine nackten Füße konnten die Fußstütze des Galgens ertasten, die sich zur Grube hin öffnen würde, wenn der Hebel gezogen wurde. Der Tritt des Schafotts war glatt, und darauf zu stehen war wie die höchste Errungenschaft nach elf Jahren des Wartens. Es war die Krönung nach einem Jahr Einzelhaft, in dem man jeden Tag von drei Uhr morgens bis fünf Uhr auf die Schritte wartete. Er war neugierig darauf, den Galgen zu berühren und zu erleben, die Rauheit der Schlinge zu spüren und im Steinbruch zu baumeln. Der Henker fesselte ihm die Beine, und er spürte die Schwere seines Körpers, aber er fühlte sich, als wäre er auf dem Gipfel des Everest. Die Ligatur um die Beine war die Umarmung der Ewigkeit, sanft und weich, aber fest und unentrinnbar.

Aber Ambikas erste Umarmung war angenehm und erzeugte in jeder Zelle seines Daseins ein überschwängliches Blitzen, wie das Ausbreiten eines heftigen Feuers auf dem Hügel neben dem Wald von Ayyankunnu.

"Thoma Kunj", rief sie. Die Angst verschlang ihre Augen.

"Mein Vater hat meine Heirat arrangiert." Ambika zitterte. Sie war kaum sechzehn, im ersten Jahr der weiterführenden Schule nach der zehnten Klasse. Ambika rannte auf ihn zu, als er auf der Türschwelle seines Hauses stand.

Sie umarmte ihn fest und nahm seine Lippen in ihren Mund; ihre Zunge fuhr über seine Wangen und seinen Kiefer wie ein Färsenjunges, das die Brustwarzen verschlingt und mit der Nase an das Euter seiner Mutter drückt. Seine Vellushaare, nicht so dunkel und grob über Oberlippe, Wangen und Kiefer, waren feucht von ihrem Speichel.

"Komm rein", murmelte sie und zog ihn ins Innere. Es war das erste Mal, dass Ambika in seinem Haus war. Sie umarmte ihn noch einmal ganz fest und küsste seine Wangen.

Ihr Gesicht und ihre Hände waren geschwollen von einer schweren Schlägerei.

"Mein Vater zwingt mich, jemanden zu heiraten, den ich hasse. Er führt die Rachetruppe des Jugendflügels der marxistischen Partei an", sagte Ambika, während sie weinte.

"Ambika", rief Thoma Kunj wiederholt ihren Namen.

"Wir werden von hier weglaufen. Ich will mit dir leben und sterben. Mein Vater verprügelte mich, als ich mich weigerte, den Teufel zu heiraten, den er für mich ausgesucht hatte. Eine ganze Woche lang war ich in einem Zimmer eingesperrt." Ambikas Worte waren undeutlich, aber sie verrieten die tiefe Verzweiflung, die sie empfand.

"Ich bin bereit, Ambika, lass uns nach Virajpet, Gonikoppal oder Madikeri gehen. Dort können wir ein glückliches Leben führen. Komm, wir werden dieser Hölle entkommen. Aber wir sind beide erst sechzehn und müssen noch zwei Jahre warten, bis wir heiraten können", antwortete Thoma Kunj, hielt ihre Hand und drückte sie an seine Brust. Er konnte ihre kleine Brust an seiner Brust spüren.

"Ambika!" Draußen gab es ein Gebrüll.

Thoma Kunj sah eine Gruppe von Männern mit Äxten und Latten. Zwei von ihnen stürmten herein. Sie zogen Ambika aus Thoma Kunjs Händen.

"Du verdammtes Schwein, du wirst für dein Verbrechen büßen", schrie Ambikas Vater Thoma Kunj an, während er seine Tochter zerrte.

"Wir werden dir den Kopf abschlagen, wenn du ihr nachkommst. Wie willst du dich um sie kümmern? Du hast nicht einmal einen Schnurrbart", rief ein junger Mann und richtete sein grobes Schwert auf den Hals von Thoma Kunj.

"Thoma Kunj", Ambikas Schluchzen klang wie das Rauschen von Tamarindenblättern in der Abenddämmerung vor einem Sturm.

Der junge Mann mit dem Schwert war der Bildungsminister von Kerala, als Thoma Kunj auf den Galgen zuging, und Thoma Kunj wusste nicht, dass sich derselbe junge Mann in einem Zimmer des Frauenwohnheims versteckt hatte, als Thoma Kunj die Rohrleitung im Wohnheim reparieren wollte.

Die Todesstrafe war ein Akt der Wiedergutmachung für die Vergewaltigung und Ermordung eines minderjährigen Mädchens; wer auch immer der Mörder war, jemand musste die Strafe auf sich nehmen. Oder war es für die Umarmung von Ambika und die Erwiderung ihrer Liebe und ihres Vertrauens? Es könnte für beides sein. Da die Inhaftierung notwendig war, war der Tod am Galgen unvermeidlich; der Unschuldige konnte das Verbrechen, den Makel und die Sünde auslöschen. Der Tod durch eine Schlinge war eine schlechte Entschädigung für Vergewaltigung, Strangulation und Mord, aber der Tod war eine endgültige Entschädigung. Thoma Kunj konnte dem Sohn eines MLA, der Bildungsminister in Gottes eigenem Land wurde, nichts anhaben.

Er spürte die Anwesenheit eines anderen Sträflings, der neben ihm stand, und konnte dessen schweres Atmen wahrnehmen. Der Geruch eines Harems umhüllte Thoma Kunj. Da war die Mashrabiya, Konkubinen in Abayas, Akeem, der mit einem Krummsäbel in der rechten Hand nach Razak suchte, und der bluttriefende, abgeschlagene Kopf des Ägypters in der linken.

"Bist du es, Thoma Kunj?", ertönte eine schwache Stimme. Thoma Kunj erkannte die Stimme sofort.

"Razak", flüsterte Thoma Kunj.

"Ich habe sie und ihren Geliebten mit einem Speer durchbohrt, wie der Speer von Akeem. Der Stachel ging durch die Herzen, sie war im vierten Monat schwanger", sagte Razak mit schwacher Stimme.

"Aber ..." Thoma Kunj konnte seinen Satz nicht beenden.

"Akeem hat mich besessen. Das Töten hatte eine sexuelle Erfüllung, die Freude eines kastrierten Mannes. Ich war in einem anderen Gefängnis, das keinen Galgen hatte. Ich bin gestern Abend hier angekommen."

"Razak, es tut mir leid", flüsterte Thoma Kunj.

"Das ist die Vollendung meines Lebens; ich kann Padachon zeigen, dass ich ohne ihn existieren kann.

Ich brauche keine zweiundsiebzig houris", murmelte Razak.

Plötzlich hörte Thoma Kunj die Stimme des Bezirksrichters, der gerade den Haftbefehl verlas. Zuerst war es die von Razak, dann die von Thoma Kunj.

Jemand flüsterte in Thoma Kunjs Ohr: "Tut mir leid, Bruder, ich tue nur meine Pflicht."

Thoma Kunj konnte die Schlinge um seinen Hals spüren, und der Henker zog sie innerhalb weniger Sekunden fest. Der Knoten lag an seiner Kehle, so dass Thoma Kunj sofort und ohne Schmerzen sterben konnte, da sein Rückenmark durchtrennt wurde. Er war ein Ferkel; er hörte das Kreischen seiner Geschwister, als der Henker ihre Köpfe in den Schlachthof schob, viele Tausende von ihnen, und es war, als ob dunkle Monsunwolken über den Kaffeeplantagen von Deva Moily aufzogen. Der Soldat stand vor George Mooken, der mit seinem doppelläufigen Gewehr auf dem Boden lag, bereit, den Kopf des Mannes seiner Tochter in Stücke zu schlagen. Das Kreischen klang wie der Schreckensschrei von Mohammed Akeem, der ein Schwert hielt, das vom Blut der ägyptischen Konkubine triefte:

"Allah, ich werde den Kopf des Mulhid abschlagen."

Dann gab es eine Vision. Der Richter erschien vor Thoma Kunj. Er war etwa sechzig Jahre alt und hatte wallendes silbernes Haar. Er stand nahe bei Thoma Kunj und säuselte:

"Du bist mein Sohn, mein einziger Sohn. Ich bin zufrieden mit dir." Seine Stimme war wie das Pfeifen eines Zuges.

"Nein, du kannst nicht mein Vater sein", öffnete Thoma Kunj sein Herz.

"Sohn, ich habe dich so sehr geliebt. Ich habe dich in dieser Welt geprüft, um in der nächsten das ewige Leben zu haben", versuchte der Richter Thoma Kunj zu beschwichtigen und sein Handeln zu rechtfertigen.

"Du bist böse, du hast meine Mama gequält. Für dich ist nur dein Leben wertvoll, du tust alles zu deinem Vergnügen, und deine Entscheidungen sind immer endgültig", schrie Thoma Kunj. Er fragte sich, woher er den Mut nahm, dem Richter gegenüberzutreten.

"Bitte akzeptiere mich als deinen Vater", flehte der Richter.

"Kurien ist mein Vater, Emily meine Mutter. Hau ab, verzieh dich in die Hölle", schrie Thoma Kunj. Seine Stimme hallte überall wider wie ein Wirbelsturm über dem Arabischen Meer.

Die ganze Welt bebte, als ob es donnern und tausend Blitze zucken würde. Thoma Kunj konnte spüren, wie das Granitkreuz vor der Kirche von Ayyankunnu fiel. Es zerbrach in drei gleiche Teile.

Ambika sprach mit ihm; sie sah so schön aus wie der Morgennebel über dem Brahmagiri. Sie waren irgendwo in Kodagu, inmitten ihrer Kaffeeplantage, und Ambika saß mit Thoma Kunj auf einem von ihm aus Teakholz gebauten Sofa. Der herrliche Duft von Filterkaffee durchzog den Balkon. Er liebte den Geruch und genoss die Anwesenheit seiner Frau; sie sah ihn an und lächelte. Ihre Kinder spielten im Hof, drei von ihnen, alles Mädchen.

Es gab einen Staatsstreich im Paradies. Da sie zahlenmäßig weit unterlegen waren, befreiten die houris das Paradies von Allah und den treuen männlichen Gläubigen und drängten sie in al-jahim, wo es keine Frauen für sexuelles Vergnügen gab. Da war die ägyptische Frau mit dem abgeschlagenen Kopf von Muhammad Akeem am Ausgangstor des Paradieses.

Unerwartet hörte Thoma Kunj den letzten Schrei von Razak. Er war wie ein wütender Sandsturm in der arabischen Wüste:

"Amira."

ÜBER DEN AUTOR

Varghese V Devasia ist ein ehemaliger Professor und Dekan am Tata Institute of Social Sciences und Leiter des Tata Institute of Social Sciences Tuljapur Campus. Er war Professor und Direktor am MSS Institute of Social Work, Nagpur University, Nagpur.

Während seines MA-Studiums, das er am Tata Institute of Social Sciences in Mumbai absolvierte, untersuchte er eine dem Zentralgefängnis Kannur angeschlossene Erziehungsanstalt und spezialisierte sich auf Kriminologie und Strafvollzugsverwaltung. In seinem LLB-Studium konzentrierte er sich auf das Strafrecht; seine MPhil-Arbeit befasste sich mit Tötungsdelikten. Für seine Doktorarbeit untersuchte er 220 verurteilte Mörder im Zentralgefängnis Nagpur an der Universität Nagpur. Er erwarb ein Diplom in Menschenrechtsrecht von der National School of India University, Bengaluru, und ein Certificate of Achievement in Justice von der Harvard University.

Das Innenministerium der indischen Regierung veröffentlichte einige seiner bahnbrechenden Forschungsarbeiten wie "Sexual Behaviour of Male Prison Inmates in Criminal Homicide" (Sexuelles Verhalten männlicher Gefängnisinsassen bei Tötungsdelikten), "Victim Offender Association and Interaction in Criminal Homicide" (Opfer-Täter-Assoziation und Interaktion bei Tötungsdelikten) und "The Phenomenon of Criminal Homicide" (Das

Phänomen der Tötungsdelikte) in der Zeitschrift Indian Journal of Criminology and Criminalistics. Sein Artikel Victim Offender Relationship in Female Homicide by Male, der im Indian Journal of Social Work veröffentlicht wurde, ist eine viel zitierte Forschungsarbeit. Er hat etwa zehn wissenschaftliche Fachbücher in den Bereichen Kriminologie, Strafvollzugsverwaltung, Viktimologie und Menschenrechte veröffentlicht.

Er ist Autor einer Anthologie von Kurzgeschichten, A Woman with Large Eyes, veröffentlicht von Olympia Publishers, London. Für seinen Debütroman Women of God's Own Country, veröffentlicht von Book Solutions Indulekha Media Network, Kottayam, erhielt er den von Ukiyoto Publishing verliehenen Author of the Year for Fiction Award. Ukiyoto Publishing veröffentlichte seine Romane The Celibate und Amaya The Buddha. Er ist der Autor einer Malayalam-Novelle, Daivathinte Manasum Kurishuthakarthavate Koodavum, veröffentlicht von Mulberry Publishers, Calicut. Er lebt in Kozhikode, Kerala.

Email: *vvdevasia@gmail.com*

www.ingramcontent.com/pod-product-compliance
Lightning Source LLC
LaVergne TN
LVHW091637070526
838199LV00044B/1100